KEITAI SHOUSETSU BUNKO SINCE 2009
野いちご

俺が絶対、好きって
言わせてみせるから。

青山そらら

スターツ出版株式会社

カバー・本文イラスト/朝吹まり

お金持ち学校に通うお嬢様の桃果は、
かわいくて頭もよくて、みんなの憧れの的。
だけど、ある日突然父親に婚約者を紹介されて……。
その相手はなんと、学園の王子様、翼だった！

つきあう相手への理想が高い桃果は
それに納得がいかなくて……。

「いやっ！　絶対に嫌っ!!　アンタなんかと結婚とか、
絶っっ対しないから!!」

　そんな桃果にはかまわず、強引で積極的な翼。

「モモ、今からデートな」
「モモ、キスしていい？」

　無理矢理つきあうことになったふたりの運命は？

「……俺だけのものになって」

　意地っぱりなツンデレお姫様 × ゆる甘王子様

　＊凸凹なふたりのピュアな甘きゅんラブコメ＊

俺が絶対、好きって言わせてみせるから。
★登場人物紹介★

有栖川 桃果（ありすがわ ももか）

名門 白薔薇学園に通うお嬢様。可愛くて成績優秀でみんなの憧れの的。意地っぱりでツンデレだけど、押しには弱い。婚約者として紹介された翼を、最初は嫌っていたけれど…？

婚約者

contents

☆ **俺が絶対、好きって言わせてみせるから。**

♡無理矢理婚約!? ... 10

♡大きらいっ！ ... 22

♡モモのかわいいところ ... 31

♡庶民的なデート ... 43

♡パーティーで大失敗！ ... 61

♡キスしたい ... 83

♡特別になりたい ... 103

♡ライバル登場!? ... 117

♡眠り姫に口づけを ... 139

♡白百合さんの本気と、アクシデント ... 162

♡プリンセスはキミだけ　194

♡ないしょのプレゼント　204

＊文庫限定番外編＊

♡甘い同居生活!?　224

♡幸せな結婚生活　268

あとがき　278

☆
　☆ ☆
　　☆
俺が絶対、好きって言わせてみせるから。

♡無理矢理婚約!?

　子どもの頃から夢見がちだった私は、とにかく理想だけは高かった。

　大きくなったら王子様みたいな人と恋をして、結婚するって。

　誰よりもカッコよくて、やさしくて、かしこくて、スポーツ万能で、育ちがよくて、お金持ちで、スタイル抜群で、オシャレで、私のワガママをなんでも聞いてくれる人。

　いまだに出会ったことがないけどね……。

　あぁ、いったいどこにいるのかしら。私の王子様は。

　そんなことを思ってたら、いつの間にか16歳になってた。

「きゃーっ！　桃果さまーっ！」
「桃果さんだ！　今日もまぶしいっ！」
　私が歩くだけで人垣ができる。
　私が歩くと今日もたくさんの悲鳴があがる。
　私、有栖川桃果。高校１年生。
　先日、10月３日に16歳の誕生日を迎えました。
　私が通う白薔薇学園高等部は、国内有数のいわゆるお金持ち学校。
　各界のトップや高級官僚の子息や令嬢が通うような超名門校だ。

その学園のなかでもひときわ目立っていて、一目置かれる存在。みんなの憧れの的。それが私だった。

自分で言うのもなんだけれど、私は生まれつきいろいろと恵まれているほうだと思う。

パパは国内大手化粧品メーカーの社長で、お爺様は会長。

何不自由ない裕福な暮らし。

人一倍容姿も整っていて、勉強も得意。

残念ながら、運動と料理は苦手なんだけどね……。

生まれてこのかたこんな感じで育ってきたものだから、いつしか注目されることにもすっかりなれてしまった。

道を歩けばすれ違うみんなが、私を見るために振り返る。

誰もがチヤホヤしてくれる。

その結果、私はどうなったかというと……。

「はぁ、でたわ。桃果のワガママ病」
「……っ、ワガママじゃな〜いっ！」

前の席に座る、親友の藤原詩織が、あきれたような顔で私を見ながらため息をつく。

彼女とは、中等部からのつきあいで仲が良く、今年も運よく同じクラスになれたから、この１年３組の教室で毎日顔を合わせている。

そして今日も朝から私は、彼女のダメ出しをくらっていた。

「だいたいねぇ……これで何回目よ。ピアノが上達しない

のは、桃果が練習しないせいでしょ？　それなのに先生が気にくわないから新しい先生に変えたいって、そんなこと言ってたら続かないよー？」
「だ、だって、あの先生、なんか最近ピリピリしてて、嫌なんだもん！　絶対に彼氏とうまくいってないから私に八つ当たりしてるのよ。たしかに私もあんまり練習してないけど、先生だって……」
「ほら～、やっぱりしてないんじゃん」
「……うぅっ」
「あんまりワガママ言うもんじゃないわよ？　"お姫様"」
「……」
　この、"お姫様"というのは皮肉で、私がどこかの国の姫みたいにワガママだからだという。
　そんなにワガママを言ってるつもりはないんだけど、詩織にはいつもチクリと言われちゃう。
　ほかのクラスメイトたちにも最近笑われている。
「桃果ちゃんは、お姫様だからね～」なんて。
　嫌なものは嫌って言っちゃうのがダメなのかしら。
　うちの学校のみんなは、私と違って物分かりのいい人たちばかりだから。
　ようやく自分はワガママなのかも……と気づき始めた今日この頃。
「そういえば桃果のパパ、『桃果が16歳になるまでに結婚相手を見つける』みたいなこと言ってたけど、あれどうなったの？」

突然飛びだしてきた詩織の発言に、一瞬固まる。
　そういえば、そんな感じのことを前にパパが言ってたな。
　でもまさか、本当にそんなことするわけ……ないよね？
「いやぁ、忘れてるんじゃない？　っていうか、そんなの万が一あってもおことわりよ。私、結婚はねぇ、お見合いじゃなくて恋愛結婚って決めてるの。だから、親に決められた結婚なんて、絶対に嫌っ！」
　勢いよく言い返したら、詩織はふふっと笑った。
「……だよね〜。桃果ならそう言うと思ってた。早く理想の王子様が見つかるといいけどね〜」
「また、バカにしてっ……」
「だって桃果の理想、高すぎるんだもん」
「し、仕方ないでしょっ。私、かわいいし」
「うわっ、また、そういうこと自分で言う！　かしこい女は思ってても言わないんだよー？」
　詩織にもいつも言われるんだ。私は理想が高すぎるんだって。
　自分で言うのもなんだけど、実際に私は男の子にすごくモテる。
　告白だって、ナンパだって、されまくる。
　それなのに、あんまり大声で言いたくないけど、いまだに彼氏がいたことはない。
　ほしくないわけじゃないけど。
　いや、素敵な彼氏がほしいけど!!
　つきあってもいいと思える人って、なかなかいないの。

だからいまだに恋愛らしい恋愛をしたことがない。

いい男があらわれないのが悪いんだと思うんだけどね。

どこかに素敵な人、ころがってないかしら……。

「きゃあぁぁ〜〜っ!!!!」

その時、いきなり廊下のほうからすさまじい歓声が聞こえてきた。

女子たちの黄色い声。なにやら観客のような人だかりまでできている。

私がパッと目をやると、そこにはあの男がいた。

「あっ、この騒ぎは……翼くんだね」

詩織も見なれた様子で振り返る。

そう。今通りかかった男は、うちの学園の王子様とかよばれている、黒瀧翼。

"男版の有栖川桃果"、なんていわれていて、女子の間じゃ知らない人はいないくらい有名なの。

なんでも超絶イケメンなうえに、頭脳明晰、スポーツ万能、親も携帯電話の通信事業やインターネットサービスなどを扱う国内大手グループのトップ。

うちの学校の女子はみんな彼をねらってるってウワサ。

……正直、私は気に食わないんだけどね。

あんまり話したことがないからどんな人なのかよく知らないけど、いつもテストで学年1位を私と競いあってるから、目の上のたんこぶ的な存在。

きっとナルシスト男に違いないわ。

いつもスカしてるのもなんだかムカつくし。

私は絶対、みんなと同じようにキャーキャー騒いだりなんてしない。
　唯一(ゆいいつ)認めるのは、顔がイイってところくらいかしらね。
　頭はきっと、私のほうがイイはずだし！
「ほんと、翼くんと桃果が歩くとあたりが騒がしくなるね。いっそのことふたりがつきあったらおもしろいのに」
「はぁっ!?」
「そしたら誰も文句(もんく)は言えないわ。一躍(いちやく)有名カップルだよね」
「や、やめて！　そんなの！　そんなことあるわけないでしょ!!」
「なんでー？　翼くんなら桃果のもとめる条件をほとんど満たしてるじゃない」
「満たしてない！　私の理想はもっともっと、すごい人なのっ!!」
「そんな人いるわけないから〜」
「いるのっ！　あんなナルシストより、もっと謙虚(けんきょ)で性格がいい人！」
「えーっ。翼くんはべつに性格は悪くないと思うよ？」
「ウソッ。絶対悪いよ！　調子(ちょうし)に乗ってそうじゃない」
「そうかなー？」
　こんなふうに詩織には毎回からかわれるけど、私は絶対に彼のことだけは好きになりたくなかった。
　私のなかで、黒瀧翼はイイ男というより、ライバル。
　負けたくない存在で。

いつからか、なぜか彼に対して強い対抗意識が芽生えていた。
　それはみんながもてはやすからなのか、テストでいつもはりあうからなのかはわからないけれど……。
　彼とは仲良くなれる気がしなかったし、とくに関わることもないだろうと思ってた。
　だけど、その予想はあることをきっかけに見事にくつがえされたの。
　そして、その日は突然やってきた——。

「えぇぇ～～っ!!　婚約者!?」
　パパから、いきなりよそ行きの服を着て某高級ホテルに来なさいとよびだされたもんだから、なにかと思ったら……パパはあの約束をちゃんとおぼえていた。
「ちょ、ちょっと待ってよ！　勝手に決めないで！　結婚相手は自分で選ぶのっ！　パパの言うことなんて聞かないから！」
　ホテルのレストランにて、パパに猛抗議する。
　だけどパパは私の言い分を聞いてはくれなかった。
「そんなことを言われても、桃果にはヘンな虫をつけるわけにいかんのだ。私が認めた男でないとこまる。それに、文句を言うなら会ってからにしなさい。ちゃんと桃果がもとめる条件を満たした男を連れてきたぞ」
「そういう問題じゃないから～っ！」
　なんでもパパったら、私が16歳になるまでに婚約者を

見つけなければ……とずっと探していたみたい。
　ずいぶん気が早いけどね。
　うちのパパ、ムダに心配性(しんぱいしょう)だから……。
　最近私が、家で「彼氏がほしい」なんてブツブツ言ってたのがいけなかったのかしら。
　本当に探してくるなんて思ってもみなかった。
「とにかくそんなの嫌ったら嫌っ！　私、帰るから……」
　そう言って席を立とうとした時、ちょうどその相手はあらわれた。
　高そうなスーツに身を包み、爽(さわ)やかな笑みを浮かべながら、こちらへと歩いてくるひとりの男。
「こんにちは」
　その人物を見た瞬間、私はピシッと固まった。
　だって……。
「え……っ？」
　し、信じられない。ウソでしょ。
　パパったら、どんな男を連れてきたのかと思えば……。
「有栖川さん、お久しぶりです」
　目の前に立っていたのは、初対面でもなんでもない、あの男だったから。
　いったい世間はどれだけせまいのやら。
「やあ、翼くん！　よく来てくれた！　ほら桃果、挨拶(あいさつ)しなさい。彼がお前の婚約者になる黒瀧翼くんだ」
「……っ、はぁ〜〜！？」
　こげ茶色のストレートヘア。

クリッとした大きな瞳が印象的な、整った顔立ち。
　背もスラッと高くて、まるで男性ファッション誌にでてくるモデルのような体型をした彼は、うちの学園のプリンスとかいわれている、あの……。
「よろしく。桃果さん」
「えぇぇ～っ!?　なんで!?　ウソでしょ～っ!!」
　どうして黒瀧翼がここにいるわけ!?
「ちょっ、ちょっと待ってよ！　なんでアンタが私の婚約者なのよっ！　意味わかんない!!」
　うろたえて騒ぎまくる私を見ても、まったく動じることなく、涼しい顔で微笑む彼。
「……俺は知ってたけど。お父さんから聞いてなかったの？」
「き、聞いてないっ!!」
　すると、パパはニッコリ笑って私の肩に手を置く。
「翼くんはなぁ、私のゴルフ仲間の黒瀧さんのご子息でな。あのＡＢＣグループの御曹司だぞ。男前だし文句なしの相手じゃないか。桃果、仲良くしなさい」
「はっ!?　ちょっと、そんなこと言われても嫌よ！　私は……っ」
「言っとくが、もう黒瀧家にも話は通ってるからな。今さらことわれんぞ。というわけで、私はこれにて失礼する」
「えぇっ！」
「羽山、あとはたのんだぞ」
「はいご主人様。ロビーまでお見送りいたします」

そして、使用人の羽山に言いつけると、自分はさっさと退場してしまった。
「やだっ！　ちょっとパパ！　待ってよ〜っ!!」
　黒瀧翼とふたりきりとなり、取り残される私たち。
　……最悪。パパにハメられた。
　ひどい。こんなのって……。
　私が軽い放心 状 態でその場に立ち尽くしていると、うしろからポンと黒瀧翼の手が肩にのる。
「まぁ、仲良くしようぜ」
「……っ！」
「まだ時間はたっぷりあるし」
「ど、どういう意味よっ!?」
　意味深なそのセリフが気になって尋ねると、黒瀧翼はニコッと笑った。
「俺が18歳になるまでに俺のことを好きになればいいよ。それまで1年ちょっとある。籍を入れるのはまだ先の話だし。だから、今日からお前、俺の彼女な。よろしく」
「はあぁぁ〜っ!?」
　なにそれ！　ちょっと待って！
　そんなのめちゃくちゃじゃない！
　しかも、なんでそんなに乗り気なの!?
「いやっ！　絶対に嫌っ！　アンタなんかと結婚とか、絶っっ対しないから!!」
「俺はかまわないよ」
　……っ!?

私がこれだけ全力で拒否(きょひ)しても、あくまで彼はその気なようで……。
「アンタの意見を聞いてるんじゃないの！　私は嫌なのっ!!」
「んー、でも、もう決まりだから。とりあえずつきあってみればいいじゃん。俺、桃果のことタイプだし」
「……っ」
「なんで？　俺じゃ不満？」
　なんて、余裕たっぷりの笑みで尋ねる黒瀧翼は、いったいどれだけ自分に自信があるのかしら。
　そもそも私たち、初対面(しょたいめん)のようなものよね？
　今日、初めてまともにしゃべったっていうのに、タイプとか……。
　なに言ってんのよこの男は！　軽すぎ！
「ふ、不満よ不満！　超不満よっ!!　っていうか、私のことをよびすてにしていいなんて、いつ言った!?　気やすく名前で……」
「じゃあ、モモにする」
「……なっ！　なにそのよび方！」
「モモ」
　黒瀧翼はそうつぶやくと、そっと私の腕をつかんで、自分のもとに引き寄せた。そして……。
　――チュッ。
　なんのためらいもなく、頬にキス。
「……っ」

し、信じられない。なにを考えてるの！
「い……いやぁぁぁぁ〜〜っ!!!!」

　なにやら前途多難の予感……。
　有栖川桃果、16歳。
　これは悪夢か現実か。
　無理矢理親に紹介された"婚約者"は、どうやらなかなかのくせ者みたいです。

♡大きらいっ!

「えぇぇ〜っ!? じゃあ例の婚約者って、あの翼くんだったの!?」
「シィ〜〜っ! 声大きい!」
「だって、ビックリだよ〜。すっごいお似合いじゃない! よかったね!」
「ちょっと! よかったねって、ぜんぜんよくないから!」
　翌日。さっそく昨日のことを詩織に話したら、案の定うれしそうな顔をされた。
　私はまったくうれしくないけどね!
「じゃあなに……婚約者ってことは、桃果は翼くんとつきあうの? 親族に正式な婚約発表とかはまだ?」
「ま、まだよっ! そんなのしてもらっちゃこまるってば! とりあえずあの男が18歳になって、籍を入れられるようになるまでに仲を深めとけってパパは言うの。もちろん、深める気なんてないけどね! だいたいパパも無責任だし、やることがめちゃくちゃなのよ!」
　そうよ。自分がただ安心したいからって、あらゆるとこから手をまわして勝手にこんなことして。
　振りまわされる私の身にもなってよ〜!
「そっかぁ。桃果パパは心配性だもんね。でも、それにしても、本当に翼くんレベルの男を連れてくるんだからたいしたもんだわ。ちなみに今回の件は向こうの親も了承ずみ

なんでしょ？　ってことは、翼くんも合意のうえってこと？」
「うっ……」
　そう。実はそれがよくわからないの。
　なんであの黒瀧翼は、こんなバカげた婚約話にすんなりOKしちゃってるわけ？
　クラスも違うし、あまり面識もないはずなのに……。
『俺、桃果のことタイプだし』
　もしかして、あんな軽いノリでOKしたってこと？
　だとしたら、ますます嫌だ。
　結婚なんて一生を決める一大イベントなのよ。
　それなのに、タイプだとかノリだけで決めちゃうなんて、そんな男ますます信用できない。
「そう……みたい。なにを考えてるのかよくわからないけど、私はああいう軽いノリの男なんて大きらいだから。絶対に流されないけどね」
　最初からいきなりほっぺにチューしてくるようなヤツだしね！
「軽いノリ……そうなんだぁ。私のなかでは翼くんって、結構硬派っていうか、なかなか手強いタイプだと思ってたんだけどな」
「えっ、どこが!?　あんな適当なゆるい感じの男！」
「でも翼くん、女子からの告白だって、ことごとくことわってるんだよ。あの超美人の西園寺先輩だって彼にふられたくらいだから。そんな彼が今回婚約をOKしたってことは、

桃果のことを相当気に入ったってことなんじゃないの？」
「……っ」
　そ、そうなんだ。
　そういえば、あの男すごくモテるんだった。
　でも、だからって……私を気に入った？
　タイプだから？
　マジメにそう思ってくれてるようには見えなかったけどね。
　もしかして、ただのメンクイなんじゃないの？
　"私の顔が好き"とか。
　あぁ……だとしたらますます嫌になってきた。
　そもそもこんな婚約、私が反対してつっぱねちゃえばいい話なのよ。
　まだ正式にはなにも決められていない。
　だから、ことわるなら今のうち……。
　そうよ。
「……オホン、そうだとしてもおことわりよ。私は絶対に認めないから。私はあの男のものになんてなるつもりないし！　このまま相手にしなければいいって話……」
　するとその時、廊下から女子のすさまじい歓声が聞こえた。
「きゃあぁぁ〜〜っ！　翼く〜〜ん!!」
「今日もステキ〜！」
「どうしたのー？　誰かに用？」
　……げっ。

さっそくまた大騒ぎされてる。
　でも知らないっ。私にはなにも関係ないし、と思っていたら……。
「モモ！」
　──どっきーーん!!
　あのヘンなあだ名のよび声を聞いたとたん、心臓が飛びはねた。
　うっ、どうして……。
　さっそくうちのクラスに来たの？
　いったいなにしに……。
　すると、黒瀧翼はスタスタとこちらへやってきて机に手をつくと、私の顔をのぞきこみ、うれしそうな顔でつぶやいた。
「モモ、見つけた」
　──ドキッ。
「もうっ、だからモモってよばないでってば！　なにしにきたのよっ!?」
「なにって、会いにきた」
「……っ！　会いにきた!?　な、なんで……」
「なんでって……だって俺らつきあってるじゃん」
「…………」
　彼がそう言った瞬間、クラス全体がどよめく。
　だから私はあわててイスからガタンと立ち上がった。
「ちょっ、私はアンタとつきあったおぼえなんか……！」
「昨日、約束したし」

「き、昨日って、あれはアンタが勝手に決めたんでしょ！」
「そうだっけ？」
「はっ？」
「でも俺、モモの親父さんに約束したから。だから責任もってモモのこと大事にするよ」
「……っ、そんなの、誰もたのんでな～い!!」
　私が全力で否定しても、まったくひるむ様子はなく、むしろ笑ってる。
「ははっ。まぁそうやってツンツンしてるとこもかわいいけど」
「はぁぁっ!?」
「とりあえず、昼飯にでも行こうぜ」
「え、ちょっ……」
「悪いけど、モモのこと借りていくね」
　黒瀧翼はそう言うと、いきなり私の手を握る。
　そんな様子を見て大騒ぎするクラスメイトたち。
「キャーッ！　翼くんが……！」
　詩織もニヤニヤしながら手を振ってるし。
「やだっ！　はなしてよ～っ!!」
　そして私は抵抗もむなしく、彼にズルズルと引きずられるがまま、連れ去られていった。

「もうっ！　なんで一緒にお昼を食べなきゃいけないのよっ！」
　学食にて、ニコニコ顔の黒瀧翼と向かいあって座る。

彼はたのんでもいないのに、一番人気のAランチをおごってくれた。
「そりゃあ、だって、モモと一緒にすごしたいし」
「私はアンタなんかと一緒にすごしたくないっ!」
「えー俺、未来の旦那(だんな)なのに?」
「……っ!?」
　あぁ、いったいこの男の思考回路(しこうかいろ)はどうなっているのかしら。
　私がこんなに嫌そうにしてるのに、なんで伝わらないんだろう。
「勝手に決めないでよっ!!」
　あまりのにぶさというか、ゆるさにイライラしてくる。
　だけど、彼はそんな私の様子を気にもしていないみたいだった。
　なんか楽しそうだし。いったいなんで……。
「ねぇ、ちょっと」
　戸惑いながらもずっと気になっていたことを一応聞いてみる。
「なに?」
「アンタ、なんでそんなに乗り気なの?　私との婚約話に」
　私が尋ねると、黒瀧翼は頬杖(ほおづえ)をつきながらこちらをじっと見て、それからクスッと笑ってみせた。
「なんでって、そんなの決まってるじゃん。モモのこと気に入ったから」
「き、気に入ったって、ほとんど話したことないじゃない!

ろくに知りもしない相手とよくつきあおうと思えるわね。あぁ、なに、もしかしてアンタ、私の顔が好きなの？」
「もちろん顔も好きだよ」
「……ブッ！」
　あっけらかんとした顔で言われて、思わず噴きだしそうになる。
「っていうか、前からかわいいと思ってたし。だから親父にモモと婚約する意志があるかどうか聞かれて、すぐOKした。なんか、人には直感ってあるじゃん」
　ちょ、直感……。
「なにそれ、適当なこと言わないでよ」
「適当じゃないよ。マジメに考えてる。モモは、一目惚れとかしたことないの？」
　そう言われておどろいた。
　……一目惚れ？
　この男が、私に？
　なんかイマイチ信用できない。
　仮にもし、そうだとしても、この男からそんな情熱をまったく感じられないんだけど。
「……ない。あってもテレビのなかの芸能人くらいでしょ。つきあうってなればいろいろ条件だってあるし、よく知りもしないのに勢いでつきあったりとかありえないから」
「へぇ。条件ねぇ……」
「うん」
　私がハッキリとそう答えたら、黒瀧翼はなぜか数秒間、

だまりこむ。
　そして、あろうことか、こんなことを言いだした。
「モモって、恋愛したことないだろ」
　…………は？
　え？　今この人、なんて言った？
　この私が、恋愛をしたことがない？
　いや…………図星だけど!!
　なんでそんなことアンタに言われなきゃいけないのよ！
「し、失礼ねっ!!」
　あまりにも腹が立って、テーブルをドンと叩く。
　でも黒瀧翼はビクともせず、さらにわかったようなことを言ってきた。
「本当に好きになったらさ、条件とかどうでもよくなるよ。モモだってきっとそうなる」
「な、なるわけないでしょっ！　少なくともアンタにはならないから！」
「どうかな〜。なるかもよ」
　うぅ、まったく……なんて腹の立つ男なのかしら。
「……っ、このナルシスト男！　最低！　大きらいっ!!」
　私はもうこれ以上話すのも嫌になって、思いきりそう吐きすてると、食器など片づけもせずにその場を勢いよく立ち去った。
　最低ッ。なによ！　人のことをバカにして。
　もう絶対あんなヤツの言うことなんて聞かない！
　つきあったりなんてしないから!!

あんな男、大きらいだもん！
一目惚れとか信じない。そうよ。
もう今度こそ、相手になんてしてやらないからね!!

♡モモのかわいいところ

　ある日の４時間目。
　私の大きらいなあの授業が今日もやってきた。
　文系教科も理系教科もそつなくこなす、優等生の私の最大の欠点。
　それは、運動。
　生まれてこのかた運動と料理だけはてんでダメで、今までどれだけ恥をかいてきたことか。
　とくに体育の授業前は気が重くて、プレッシャーからお腹が痛くなったりする。
　もちろん今日だって例外ではなかった。
「さむ〜、冷えてきたねー。たしか今日からまた男女ともに体育館だよね」
「そうだっけ？」
「定番の、男子はバスケ、女子はバレーだよ。翼くんのカッコいいプレー見れちゃうかも」
「……はっ」
　詩織からそれを聞いて、ますます背筋が寒くなった。
　……バレー。
　私にとって、最上級に苦手な種目だ。
　サーブすらまともに打てないっていうのに。
　しかも、あの黒瀧翼がいる隣のクラスと合同の授業だ。
　学食での一件以来、彼のことはずっとさけてるから、あ

れからなにも話してないけど、あの男の前で恥をさらすなんて、絶対に嫌なのに……。
　あぁ、もう体育なんてなくなってしまえ～！

　──ピーッ！
　笛の合図で男子のバスケの試合が始まる。
　私はそれを遠目でぼんやりとながめていた。
「キャーッ！　翼くーん‼」
「素敵～っ！　がんばって～！」
　あちこちから飛び交う黄色い声援。
　女子たちはみんな、彼が大好きみたい。
　私はあんなやつのプレーになんて、まったく興味ないけどねっ！
「彼氏の試合、見なくていいの～？」
　詩織がからかうように聞いてくる。
「だから～、彼氏じゃないってば！　もう婚約はなしよ、ナシ！」
「えー！　もったいない。どこが気に入らないのよ」
「全部ッ‼」
　とにかく癪にさわる。あの男。
　最初はただ、パパに無理矢理に決められたのが嫌なだけだったけれど、今はもう彼のことが大きらい。
　だって、私に恋愛経験がないことをバカにしてくるし。
　実は結構気にしてたのに……。モテるわりに誰ともつきあったことがないこと。

自分がどれだけ経験豊富なんだか知らないけど。
　私は絶対にあんな男にだまされないもんね。
　両腕を組み、ムスッとしながら自分の出番を待つ。
　だけど内心ずっとドキドキしていて、お腹が痛かった。
　みんな楽しそうにバレーをしてるけど、なにが楽しいのか私にはわからない。
　できる人だけでやってほしいものだわ……。
　そんなことを考えているうちに、出番はやってきた。
「はい、次は３組Bチーム対４組Bチーム！」
　先生に言われて、嫌々ながらコートに足を踏み入れる。
　──ピーッ！
　笛の音とともに始まる試合。
　その瞬間、ただでさえ硬い体が、さらにガチガチになった。
　どうか、自分のもとにボールが飛んできませんようにって祈る。
　せめて逃げまくればどうにかなるドッジボールにしてほしいわ。
「あぁ、桃果ちゃんっ！」
「……わっ！」
　案の定、飛んできたボールをうまく受けられず、コートの外に飛ばしてしまった私は、みんなに苦笑いされた。
「桃果ちゃん、手はこう。目をつぶっちゃダメだよ」
　運動神経抜群の宮野さんが、たまりかねた様子でアドバイスしてくれる。

私は顔を赤くしながらうなずいた。
「あ、うん。ごめん……」
　恥ずかしい。
　いつだってみんな私をほめてくれるのに……。
　体育の時間だけはみんなに、あわれみの視線を送られる。
　しかも、ヒマそうな男子たちまで試合を見にきてるし。
「桃果ちゃんドンマーイ！」なんて言われても、イヤミかと思ってしまう。
　お願い。見ないで。
　私を見ないで。
　たのむから……！
　そんなふうに心のなかで唱(とな)えていたらまた、目をつぶってレシーブしてしまった。
　ボールを真うしろにスコーンと飛ばす私。
「桃果ちゃんっ！」
「あぁ、ごめんなさい〜っ！」
　最悪!!
　なんで同じこと何回もやっちゃうの〜!?
　もう、いいかげん逃げだしたくなってくる。
　だけど、誰も時をとめてはくれない。
　ボールは私の頭上(すじょう)を行ったり来たりしている。
　それを見ていたらだんだんと目がまわりそうになってきて。
　私は苦痛にたえながら、ただ時間がすぎるのを待つばかりだった。

そんな時、ふとコートの外から感じた視線。
ハッとして目をやると、そこには4組の人気者男子の集団が。
そして、そのなかには、見おぼえのある男。
……えっ、ウソ。
黒瀧翼が見てる。私たち女子の試合を。
その姿を確認した瞬間、バチッと目があってしまった。
最悪。なんで……。
運動してるところなんて、一番見られたくないのに。
どうしよう。またバカにされる！
黒瀧翼は目があうと、いつものようにニッコリ微笑んできた。
私は思いきりバッと目をそらす。
なにあれ。ますますバレーが苦痛に思えてきたじゃない。
あぁ、もう……。
だけどその時だ。
「桃果ちゃんっ、ボール!!」
「えっ？」
よそ見をしていた隙に、また飛んできたボール。
しかも、なんかすごくスピードもあって回転も速い。
ウソでしょ。
目の前の出来事が突然スローモーションのようになる。
――バシーンッ!!
「きゃあああぁ～～っ！」
そして私は気がついたら、あろうことか、顔面で思いき

りそのボールを受けてしまっていた。
　そのまま体育館の冷たい床の上にドサッとたおれこむ。
「きゃああ〜っ！　有栖川さん！」
「桃果ちゃん、だいじょうぶ!?」
　みんなの心配する声が遠くに聞こえる。
　最悪。もう嫌……。
　どうしてこうなるの。
　だけど私は目を開けることができずに、そのまま意識を手放した。

　　白い天井。独特の匂い。
　意識がぼんやりとしたままうす目を開けると、どうやらそこは学校の保健室のようだった。
　あれ私、いつの間にこんなところに？
　たしか、体育館でボールが顔面にぶつかって、そのままたおれて……。
　はっ！
　だ、だいじょうぶかな？　顔。
　傷あとが残ったりしてないかしら。
　鏡っ！　鏡はどこっ？
「……モモ、起きた？」
　すると、ふと真横から声がして。
　ハッとして横を向くと、なぜかそこには、あの黒瀧翼がいた。
「え……」

どうしてこの男がここにいるの？
「ちょっと、なんで……」
「……はぁ、よかった」
　えっ？
　黒瀧翼は私が目を覚ましたことに気がつくと、ホッとしたようにため息をつく。
「だいじょうぶか？　頭打ったんだろ？」
　そして、そっと私の額に手を当ててみせた。
　──ドキッ。
「……っ！　だ、だいじょうぶよっ。っていうかなんでアンタがここにいるの？」
「それは、俺がここまで運んできたから」
「えっ！　ウソッ!?」
　なんで～っ！
「ビックリしたよ。思いきり頭ぶつけてたし。なかなか目を覚まさねぇしさ」
　うっ……。やっぱり見てたんだ。
　恥ずかしい。あんな無様な姿を。
　でもなんだろう。なんだか……すごく心配してくれてる？
「元気そうでよかった」
　黒瀧翼はそうつぶやくと、やさしく笑う。
　不覚にもその表情にまたドキッとしてしまった。
　なによ。私ったらムカついてたんじゃなかったの？
　こんなちょっとやさしくされたくらいで。

いけないいけない……。
「ついうっかりよそ見しちゃっただけよ。あのくらい平気。それよりねぇ、顔にあとはついてない？　傷とか残ったらこまるから……」
　そう言いながらむくっと起き上がる。
　今度は自分の顔のことが心配になってきた。
　すると、黒瀧翼は私の顔をじっと見つめて。
「うーん……まだちょっと赤いな。このへんが」
　そう言ってまた額にふれた。
「痛っ！」
「あ、わりぃ」
「やだ、そんなに赤くなってる!?　どうしよう！　あとが残ったら……」
　お嫁に行けなくなっちゃう！
　命より大事な顔がっ!!
「ぷっ」
　そしたらなぜか彼は急に笑いだして。
「……え？　ちょっと、なに笑ってんのよ〜！」
「いや、やっぱモモはおもしろいなぁと思って」
「お、おもしろい!?　どこがっ？」
　なによ、またバカにしてるのっ!?
「だいじょうぶだよ。べつにあとが残っても、俺が嫁にもらってやるから」
「……は？」
　ちょっと待って。

なに言ってるのよ、またこの男は。
「モモのことは、俺がもらうから安心して」
「……っ」
　黒瀧翼は自信たっぷりにそう言い切る。
　やっぱり相当思いこみが激しいみたいだ。
　私には１ミリもそんな気はないのに。
　っていうか、もらってやるなんて何様？
「もらってくれなくていいですっ！」
「はは、相変わらず手強いな。でも、まぁいいや。こうしてまたふたりきりになれたし」
「……っ!?」
　ふたりきりに？
　その言葉を聞いて、ふと身の危険を感じた。
　ちょっと待った。
　そういえば、保健室とはいえ、仮にもここはベッドの上。
　今は先生も誰もいないし……。
「や、やだっ！　アンタなにをたくらんでるの？　ヘンなことしないでよ！」
　思わず体をこわばらせ、身を守る体制になる。
　だけど黒瀧翼はそんな私を見てまたクスクス笑いだした。
　もう、なんなの！
「ぷっ、そういう意味じゃねーよ。ただ、なんかこの前は機嫌を損ねたみたいだったから、悪かったなって。モモにさけられてけっこー落ちこんでたんだぜ、俺」

な、なにそれ……。
　落ちこんでた？　ウソでしょ？
「あ、あれは、自分が悪いんでしょーが！　人のことバカにしてっ！」
「いや、そういうつもりじゃなかったけど……ごめんな。もう相手にしてもらえねぇかなって思ったりもしたけど、やっぱりモモのこと見てたらかわいくて、あきらめらんねーわ、俺」
「……っ、はあぁっ!?」
　なぜか不覚にもちょっと赤くなってしまう私。
　やだ。急になに言ってるの？
　そんなこと言われたって……。
「だって、すっげー運動オンチなんだもん」
「な……っ」
　…………え？　今、なんて……。
「運動……オンチ？」
「うん。体育の時、いつもすげー下手くそで、でも必死にがんばってんのがかわいいなぁってずっと思ってた」
「…………」
　なにそれ。人が一番気にしてることを！
　しかも、かわいい!?
　意味がわからないわ。
　でもそれじゃ、まさか……。
「え、じゃあなに。それじゃ、この前一目惚れとか言ってたのって、まさか……」

「うん、そーだよ。体育の時のモモに一目惚れした。すげぇギャップのある子だなーって思って。俺、けっこーずっと見てたよ。モモのこと」
「……っ」
　はぁぁ～～っ!?
　あの、これは……よろこんでいいの？
　っていうか、あんなカッコ悪いところ見て惚れるとか、この人やっぱりちょっとヘンなんじゃない？
　あきれたようにつぶやいてみる。
「アンタ……変わってるわね。ヘンな男」
　とか言いながら、内心あまり悪い気はしなかったりして。
　そんな自分が不思議でたまらない。
　なんて単純なんだろう。
　ちょっとうまいこと言われたくらいで。
「そーかな？　俺はそう思わないけど。でも、ちょっとはつきあってみる気になった？」
「なっ、なんでそうなるの!?　私はまだ婚約とか……！」
「うん。今はとりあえず友達から」
「えっ……？」
　黒瀧翼はふいに私の手を取り、ぎゅっと握る。
　──どきん。
　ちょっ、なにして……。
「結婚を前提に、友達からでいいので俺とつきあってください」
　そう口にする表情は、意外にもすごく真剣だった。

そう。まるで、本当にプロポーズされているみたいな気分になったんだ。
　不思議な魔法(まほう)にでもかかったみたいに、彼の透き通った黒い瞳から、私は目をそらせなくなる。
　だから不覚にも、口からこんな言葉が。
「う……っ。と、友達からっていうなら、考えてあげてもいいけど……。結婚するかどうかはべつとしてね！」
　あぁ、なんてバカなんだろう私は。
　こんな男の口車(くちぐるま)に乗せられてしまうなんて。
　黒瀧翼はそれを聞いて、心からうれしそうに笑う。
「マジ？　やった！」
　そして、この日を境(さかい)に私と彼との不思議なおつきあいが、本当に始まってしまったのです。

♡庶民的なデート

「羽山(はやま)、おはよう」
「おはようございます。お嬢様」

あわただしい朝。

ひととおり身支度(みじたく)を終えた私はリビングへ向かう。

うちにいる使用人のなかで一番ベテランの羽山は、今日も姿勢(しせい)よく出迎えてくれた。

最近、髪の毛に白髪(はくはつ)が増えて、オシャレなロマンスグレーになってきた彼。

気が利(き)くし、温厚(おんこう)で、怒った姿は一度も見たことがない。

私のこともよく理解してくれていて、すごく頼りになるの。

「おや、今日は髪を巻かれたのですか」
「えへ、よく気がついたわね。さすが羽山。さっき梅子(うめこ)にやってもらったの。かわいいでしょ」
「はい。お似合いです」

ちなみに梅子というのもうちの使用人のひとりで、おもに家事や身支度を手伝ってくれている。

女性だけど、力持ちだしテキパキしてて、ひとりで何人分もの仕事をこなしてくれるから、これまた頼りになる人物。

羽山がニッコリ微笑むと、ジェルで茶色い髪をツンツンに立たせた派手なヤツがそのうしろから顔をだす。

「うわ～、なに色気づいてんの？　姉ちゃん、男でもできた？」
　この生意気な物言いは、私のふたつ年下の弟、蓮。
　誰に似たんだか、ちゃらんぽらんなやつで、とても我が有栖川家の跡継ぎとは思えない。
　昔は素直でとってもかわいかったのに……。
「な、なんの話!?　べつに色気づかなくても、もとからモテてますので！　それより蓮、さっさと準備してよね」
「へーい」
　まったく、いつからあんなふうになったんだか。
　かわいくないんだから。
　蓮はうちの学校の中等部に通っている。
　だから毎朝、羽山が車で学校まで一緒に送ってくれる。
　でも、のんびりしてる蓮のせいで遅刻ギリギリになることもたびたびあって、私としてはいい迷惑なのだった。
　遅刻なんて恥ずかしいから嫌なのに。
「今日は遅刻しないようにねっ！」
「わかってるって～」
　ヘラヘラ笑いながら朝食のデニッシュをかじる蓮。
　私はあきれてため息をついた。
「……はぁ」
　まったく、ほんとにわかってるのかしら。
　――ピンポーン。
　するとその時、インターホンの音が。
「あら、こんな朝から誰かしらね」

ママがモニターを確認する。
　私も気になって横からのぞいてみたら、そこにはなにやら黒い車と人影が映っているみたいだった。
「……誰？」
「奥様、私が」
　すかさずママの代わりに応対する羽山。
「どちら様でしょうか？」
　そしたらモニター越しに聞こえてきたのは、おどろくべき人物の名前だった。
「どうも、おはようございます。私、黒瀧家使用人の影山と申します。翼坊っちゃまの言いつけで、桃果お嬢様をお迎えにあがりました」
　……はっ？
　黒瀧家使用人!?　お迎え!?
　なにそれ。
「あ、いいよ影山、俺が自分で言うから。どうもお久しぶりです。黒瀧です。おはようございます。桃果さんはいらっしゃいますか」
　えええ〜っ！
「まあっ、翼くんじゃないの！　素敵ねぇ。今日もカッコいいわ〜。はぁい、桃果ならいますわよ。ホラ」
　はしゃぎながら、私を無理矢理モニターの前にひっぱるママ。
　美男子にとことん弱いママは、この婚約話がもちあがって、最初パパに紹介された時に、イケメンで礼儀正しい彼

をとても気に入ったらしく、それ以来ずっと黒瀧くんが大好きだ。
「ちょっ……！　あの、え、なに？　っていうか、なにしにきたの？」
「モモ、おはよう。迎えにきた」
「は……」
「一緒に学校行こう」
　それを聞いた瞬間、また騒ぎだすママ。
「きゃあぁ～っ！　一緒に行こう、ですって！　ホラ桃果、行ってらっしゃいよ！」
「え、マジ!?　なんだよ姉ちゃん、あのイケメン婚約者とマジでつきあってんの!?」
　そばにいた蓮も興奮ぎみだし。
　まったく人騒がせな～！
　つきあうって言ったとたんに、さっそくお迎え？
　かんべんしてよ。
「え、でもうちは羽山が送迎してくれるし……」
　戸惑いながら羽山に視線を送る私。
　するとすぐに、彼はニコッと笑いながらこう答えた。
「いってらっしゃいませ、お嬢様」
「えっ！」
　ちょっとなによ、羽山までグルなの!?
　ママも蓮もなんだかニヤニヤしてるし……。
　あぁ、もうっ！
「わ、わかったわよっ！」

そして結局、ニヤつく家族に見送られ、私は黒瀧くんと一緒に登校することに……。
　朝からさっそくしてやられたのでした。

「もう、迎えにくるなんて聞いてないんだけどっ」
　影山さんの運転する車の中、少しむすっとした顔で黒瀧くんに抗議する。
　だけどそんな私の態度とは裏腹に彼はすごくニコニコしていて、なんだかうれしそうだった。
「はは、ごめんな急に。でも、せっかくモモにOKしてもらえたからさ、登下校くらい一緒にしたいじゃん？」
「いや、あの……言っとくけど、私は友達からとしか言ってないわよ？」
「わかってるよ。それでも俺はうれしかったから」
　それを聞いて思う。この人、すごいポジティヴ。
　ほんとにわかってるのかしら？
　朝からお迎えなんて、まるで彼氏なんだけど……。
「少しでも一緒にいる時間が長いほうがいいじゃん」
「……っ」
　まるで恋人気取りの発言をする彼にあきれてしまう。
「わ、私はよくないんだけどっ！」
「モモに好きになってもらえるように俺、がんばるからさ」
　なんて言いながら、座席に置いた私の手にさりげなく自分の手を重ねてくる黒瀧くん。
　私はあわててパッと手をはなした。

「ちょっと、なにしてるの〜！」
「はははっ」
　しかも、悪びれる様子もなく笑ってるし。
　ほんと油断ならないわ……。
　そしたらそんな私たちの会話を運転しながら聞いていた影山さんが、クスクスと笑いだした。
「……おふたりとも、楽しそうですね」
　えぇ〜っ！
「ぜんぜん楽しくないですっ‼」
　全力で否定してみせる私。
　黒瀧くんは隣で相変わらず楽しそうな顔をしてる。
　なにがそんなに楽しいのかしら……まったく。
　だけど、なぜだかこの状況が自分で言うほど嫌ではなくて、そんな自分が不思議でたまらなかった。

　学校に着くと、さっそく一緒にいるところをみんなに見られて、また大騒ぎされた。
「うふふ。朝からラブラブ登校いいわね〜」
　詩織もニヤニヤしながら冷やかしてくる。
「べ、べつに、ぜんぜんラブラブじゃないってば！　黒瀧くんが勝手に迎えにくるから！」
「あっ、よび方が黒瀧くんになってる」
「……はっ！」
「なんだかんだうまくやってるんじゃん」
「うぅっ……」

そう。あの保健室でのやり取りで、とりあえず友達からならいいかってOKしたけど、私のなかではまだ彼氏でもなんでもないのに、彼の私に対する扱いは、完全に彼女そのもので。
　朝からお迎えしてくれるし、お昼は毎日一緒に食べようって言ってくれるし……。
　いきなりの積極的なアプローチに、私は戸惑いを隠せないのだった。
　それに、名前だって。
　なんてよんだらいいかわからないからアンタとか言ってたら、「翼ってよんで」って言われるし。
　さすがにそれは恥ずかしいから、"黒瀧くん"ってよぶことにしたけど。
"翼くん"でも恥ずかしい。
　向こうは相変わらず勝手に"モモ"ってよんでくるけどね。
　彼には恥ずかしいとかそういうのないんだわ、きっと。
　よほど女の子の扱いになれてるのかしら……。
「さすがの桃果も翼くんにはかなわないね〜」
「ちょっ、やめて〜！　そんなことないってば！　べつにただの友達だもん。まだ。ひ、ヒマつぶしよ、ヒマつぶしっ！」
「あーもう、まったく素直じゃないんだから」
「……っ」
　詩織はクスクス笑ってる。

みんなしてなんなの、もう。
朝から冷やかされてばっかりで参っちゃう。
それもこれも全部、黒瀧くんのせいだけど。

お昼休みはまたふたりで学食に来た。
さすがに今日はおごってもらわなかったけどね。
　Ａランチのふわとろオムライスを口に運びながら、彼をじっと観察してみる。
　黒瀧くんはとても上品に食べる。
　仕草(しぐさ)のところどころに品を感じさせるし、やっぱり育ちがいいんだ。
　こうしてあらためて見てみると、ほんとにキレイな顔してるし、スタイルだってモデル並みにいいし、悔(くや)しいけど頭もいいみたいだし……なんの問題もないのかもしれない。
　詩織が言うとおり、絵に描(か)いたようなイイ男、なのかも。
　でもだからって、好きになるかって言ったらそれはまたべつの話よね。
　なんかこれでまんまと乗せられたら、悔しいし……。
「ねぇ、そういえば、黒瀧くんも毎日車で送迎なの？」
　食べている途中(とちゅう)、ふと疑問に思ったことを聞いてみた。
　まぁ、うちの学校の生徒の大半は、送迎つきだけど。
　黒瀧くんもかなりのお坊っちゃまだからね。そんなもんかしら。
　だけど彼は、うなずくかと思いきや。

「いや、俺はいつも電車と歩きだよ」
「えっ？」
　ウソ。電車なんか乗るの？
「今日はモモと一緒に学校に来たかったから、久しぶりに影山に送ってもらった。台風の時くらいしか車には乗らないよ。俺、男だし」
「え、そ、そうなんだ……」
　なんか、意外。
　うちの蓮なんて見てみなさいよ。
　男なのに毎朝送迎ですけど。
「モモも朝一緒に歩いていく？　なんなら迎えにいくけど」
　ええ〜っ!?
「い、いかないっ！　朝の混んでる満員電車なんて、乗りたくないし！」
「はは、そっか。じゃあ帰りは一緒に帰ろ。もう俺、羽山さんにモモの迎えをことわっちゃった」
「はぁっ!?」
　なにそれ、勝手に……！
「俺がちゃんとモモのこと送ってくからだいじょうぶだよ。だからついでにどっか寄ってかね？　放課後デートしようぜ」
　ほ、放課後デート？
「ちょっ、勝手に決めないでよ〜！」
「はは、わりいわりい。でも俺、モモを連れていきたいなって思ってる店があってさ」

「えっ、お店？」
「うん、俺のイチオシ。楽しみにしてて。だから放課後になったら迎えいくな」
「う……うん。まぁ、それなら……」

　ふーん。きっといいお店に連れていってくれるんだわ。
　だったらべつにいいけど……って、ちょっと待った。
　私、乗せられすぎかな？　単純すぎる？
　とか思いながらも結局OKしちゃうのは、なぜなんだろう。
　まぁ、とりあえずお手並み拝見ってところね。
　さぞ素敵なデートプランを用意してくれてるんでしょ。

「……って、あの……アンタ、ふざけてる？」
「えっ？　なにが？」
「あのねぇ、これのどこがイチオシなわけ？　素敵なお店に連れていってくれるんじゃなかったの!?」

　放課後、黒瀧くんが連れていきたいところがあるっていうから、仕方なくついてきたら、そこは予想していた場所とはまったく違うお店だった。
　私は思わず店の前に立ちつくし、入るのをためらう。
　だってまさか、こんな……。
「お好み焼き、きらい？」
「そうじゃなくてっ！　普通、好きな子を初めてデートに連れていくとなれば、もっとオシャレなとこ行くでしょ！なにこれ！　まるで『お前は本命じゃない』って言われて

るみたいよ！　あぁ、もしかしてアンタにはほかにたくさん彼女がいて、私は遊びなわけ？　だったらもう今日でおさらば……」
「いや、落ち着けって」
　私がまくしたてると、こまった表情で笑いながら、小さな子どもをなだめるように私の頭に手を置く黒瀧くん。
　なによっ、なんなのよ～！
「そんなわけねーだろ。モモ以外に好きな子なんていないよ、俺。単純にここの店がうまいから連れてきたかっただけ」
「……っ、でも、こんな庶民的なデート嫌っ！」
「庶民的とか言うなよ。モモのことだからどうせ、オシャレなフレンチとかイタリアンなんて食い飽きてんだろ？」
「好きなものは飽きないのっ！」
「はは、そっか。でもだまされたと思って食ってみなよ。いつもと違う体験すんのもたまにはいいもんだぜ？」
　むむむ……。いつもと違うですって？
　またうまいこと言うんだから。この優男は。
「でも……っ」
「ほらおいで、モモ」
「きゃっ」
　すかさず手をつないでくる彼に、私はなぜか抵抗できなくて。ひっぱられるままに、しぶしぶそのお好み焼き屋に一緒に入った。
　もうっ、まったく……強引なんだから！

お好み焼きデートなんて、ぜんぜんムードがないじゃない！

「お待たせしました〜！　もちのり明太チーズと、デラックスです〜！」
　威勢のいい店員がお好み焼きのタネをテーブルに運んでくる。
　黒瀧くんはそれを受け取ると、さっそくなれた手つきでスプーンを使い、ぐるぐると混ぜ始めた。
　メニューの注文は全部黒瀧くんにおまかせ。焼くのもおまかせしちゃう。
　私はむすっとしたままそれを座って見てる。
　彼は制服のネクタイをシャツのポケットに入れると、シャツの袖のボタンをはずし腕まくりした。
「俺が焼くからモモは待ってて。熱いから鉄板に気をつけろよ」
「……よろしく。私、お好み焼きなんて、焼き方わからないし」
　プイっと横を向いて、イヤミのように言ってのける。
　だってまだ、なんでこのお店に来たのか納得がいかないし。
　だけど、そんな気持ちとは裏腹に、お腹はすくばかりで。
　ただよってくるいい匂いに、ついつい反応してしまう自分がいた。
　べつにこれがデートじゃなかったら、本当は好きなのに

なぁ。お好み焼き……。
　黒瀧くんは手際(てぎわ)よく焼いてくれている。
　器用なのか、両手でヘラを使って裏に返すのもすごく上手だった。
　ほんとになんでもできるんだ、この人。
「ほら焼けた。ソース、俺がぬっちゃっていい？　青のりと鰹節(かつおぶし)かける？」
「あ、青のりはいらない！」
「オッケー」
　私がムスッとしたままなのに、そんなの気にしていないのか、彼はずっとニコニコしてる。
　どんな時も変わらないその大らかな態度が不思議でならない。
　この人、図太(ずぶと)いのかしら。
　ぜんぜん怒ったりしなさそうなんだもん。
　だからこそ、ますますワガママを言ってしまいそうになる。
「はい、モモ。食べてみて」
　黒瀧くんは焼き終えると、ホカホカのお好み焼きを１枚お皿にのせてくれた。
「……どうも」
　お客さんの話し声で騒がしい店内。流れているのはよくわからない懐メロのようなBGM。
　普段は絶対に来ないような場所だけに違和感(いわかん)がすごくて、なんとも言えない気持ちだったけれど、お腹がすくの

だけはどうしようもないので、仕方なくそれをひとくち食べてみた。
「い、いただきます……」
　ふわっと香るソースの匂い。
　口に入れると生地がとろけて、何種類もの具材の味が絶妙に絡まって広がる。
　あとからじわっとダシのうまみも押し寄せてきて……。
　なにこれ。こんなのはじめて。
「えっ、おいしい！」
　気がついたら無意識に、そんな言葉がでてしまっていた。
　うぅ、どうしよう。
　悔しいけど、めちゃくちゃおいしいじゃない。このお好み焼き。
　お腹がすいているからなおさらかも。
　やだ。またしても私、黒瀧くんにしてやられた。
「なっ、だから言ったろ？」
　黒瀧くんはねらいどおりとでもいった顔で、ニッと笑ってみせる。
　あぁ、悔しい〜！
　こんなデート嫌なのに。期待はずれのはずなのに。
　口にしたそれがおいしすぎて、食べようとする手がとまらない。
　こんなにおいしいお好み焼き、今までに食べたことがない。
　なんでこんなB級グルメみたいな店知ってるのよ。

お金持ちのお坊ちゃまのくせに！
　完全に彼の思惑どおりじゃない。
「あ……味はねっ！　味はまぁ、すごくいいんじゃない？　デートで来るような店じゃないと思うけどね！」
　素直にほめるのが癪だから、ついつい意地をはってしまう私。
「はは、そっか？　でも、おいしいものって見た目や値段じゃないじゃん。なんだってそうだよ。つきあう相手だってそう」
「えっ……？」
　黒瀧くんは急にまっすぐな目で私をじっと見つめる。
「条件より大事なもん、あんだろ？」
　——ドキッ。
　な、なにそれは……。
　この前私があんなこと言ったから？
　なにが言いたいのよ。
「俺はモモに、条件とか先入観とか、そういうのムシで俺のこと好きになってほしいと思ってるよ。この店に連れてきたのだって、モモに俺と同じ感動を味わってほしかったからだし」
　……はっ？
「同じ、感動？」
「うん。俺もガキの頃はあんまこういう店に来たことなくて。でもある時たまたま友達に連れられて来たら、すげーうまくてさ。モモもこれを食ったらビックリすると思った

から。そしたらマジで今ビックリしてくれたみたいでうれしかった」
「……っ！」
　やだ私、じっくり味わっていたのがそんな顔にでてたかな？
　これじゃますます黒瀧くんの思うツボ……。
「し、してないもん！」
「でもうまかったろ？」
「お、おいしいけど……それは値段(ねだん)の割にはって意味で、べつに感動するほどじゃ……」
　いやウソ。
　ちょっと感動した。
　でも、本当のことは言わない。悔しいから。
「……ぷ、ははは！」
「なに笑ってんのよ～っ！」
　黒瀧くんは急にクスクス笑いだす。
　なによっ！　なんなのよ！
「でもモモ完食してんじゃん。俺はもう、それだけでうれしい」
「なっ……！」
　やだ、そうだった。私ったらあまりにもおいしくっていつの間にか全部食べちゃったんだ。
「さーて、もう１枚焼くか。モモもおかわりいる？　あ、いらなかったら俺が全部食うけど」
「……っ、いる‼」

意地悪なこと言うからあわててそう答えた。
もう、こうなったらいっぱい食べてやる！
黒瀧くんの前でしおらしくする必要なんてないしね。
色気より食い気よ。もう知らない！
黒瀧くんはフッ、とまた楽しそうに笑う。
「そうこなくっちゃ。よし、なんなら追加でもっとたのもうぜ。ほかにもオススメあるよ、いろいろ」
「わかった、いいわよ。そのかわり早く焼いてよね。あとね、やっぱり青のりもかけていいから」
「え？　あぁ、苦手じゃなかったんだ」
「歯につくから嫌なだけよ。でもべつに黒瀧くんの前でそんなのどうでもいいわ。それよりおなかすいた」
「おぉ、なんか急にすげー乗り気じゃん」
「だって食べ足りないんだもん、まだ」
　いつのまにか正直にそんなことを口にしてる。
　半分ヤケクソだったけど、でもちょっと楽しかった。
　食事の細かいマナーも、歯につきそうな青のりも、髪に匂いがつくとかも気にしないで好きなように食べる。
　そういう外食も、たまには悪くない。
　黒瀧くんの前では、いいところを見せようとか、みんなの憧れの有栖川さんでいなくちゃとか、そんなこと思わなくていいから。ちょっとラクだ。
　そういう意味では、こういうつきあいもアリなのかも。
　だって、あくまで友達だし。
　いいとこの御曹司で、みんなにチヤホヤされてるわりに

はぜんぜん気取ってないし、飾らない彼。
　そんな彼とともにする時間は、意外にも心地よかった。
　なんだろう……。ほんとにヘンな人。
　あ、調子に乗りそうだから絶対口にはしないけどね。
　私たちはおなかいっぱいお好み焼きを食べて、制服から香ばしい匂いをただよわせながら電車で一緒に帰った。
　黒瀧くんはちゃんと家まで送ってくれて。
　初めてのデートは実に庶民的で、ロマンチックさのかけらもなくて……でも楽しかった。
　自分のなかに眠っていた、意外な一面を発見したような、そんな不思議な1日の出来事。

♡パーティーで大失敗！

　ある日の夜のこと。
　──コンコン。
「お嬢様」
　羽山が私の部屋のドアを叩く。
「どーぞー」
　ベッドの上でゴロゴロ寝転びながら返事すると、少し興奮した様子で羽山が入ってきた。
「お嬢様これ、ご覧になられましたか？　ＡＢＣグループが主催するパーティーの案内です」
「パーティー？」
「はい。ご主人様はもちろんのこと、今回はお嬢様にも招待状が届いておりますよ」
「えっ、私にも？」
　ＡＢＣグループ主催のパーティー？
　パーティーなんてどれくらいぶりだろう。
　パパの会社関係のパーティーは何度か出席したことがあるけど、うちが主催するもの以外はあまりでたことがない。
　ましてや今回は、あの黒瀧くんのお父さんの会社でしょ。
　どうして私まで……。
　まさか婚約者としてでてほしいとか？
　さすがにそれはこまるんだけど。
「もちろん出席なさいますよね？」

なんだかうれしそうな羽山。
「え〜っ……。なんで私も？　行かなくちゃダメ？」
　正直あんまり乗り気じゃない。
　だってパーティーって結構つかれるし。
　偉(えら)い人がいっぱいで、いろいろと気を使うんだもん。
「特別な理由がなければおことわりするのはむずかしいですね。黒瀧家にも失礼ですし。なによりご主人様が許可なさらないでしょう。行かれてみてはいかがですか」
　えっ、なにそれ。
　それじゃ、最初から私に拒否権がないじゃない。
「それってつまり、絶対に出席しろってことよね？」
「いえ、まぁ……ご主人様はそう考えていらっしゃるかと」
「羽山、パパに説得(せっとく)しろって言われたんでしょ」
「……オホン」
　ほらね。
　結局、羽山もグルなんだから。
　みんなして私と黒瀧くんの仲を深めようと画策(かくさく)してるんだわ。まったくもう。
　まぁ、べつにパーティーくらいだったらでてもいいけど。
「……うーん。新しいドレスを用意してくれたら行く」
「おぉっ！　さようですか！　おまかせください。梅子に申しつけておきます」
「よろしくね」
　そして私は結局、週末に行われるＡＢＣグループ主催のパーティーに出席することになってしまったのです。

「まぁ、お嬢様！ いつにもましておキレイですわ！」
　世話係の梅子が私のドレス姿を見て声をあげる。
　今日は、例のパーティーの日。
　会場は以前黒瀧くんとの顔合わせをしたあの高級ホテル。
　いつもよりバッチリメイクをして、髪型にも気合を入れた。
　ピンクのドレスは、新しく買ってもらったもの。
　胸元が大胆に開いているデザインは、ちょっと背伸びしたかんじ。
　こうして着飾るとやっぱり不思議とテンションがあがる。
「これでどんな男もイチコロですわね！ さすが桃果お嬢様」
「ふふ。まぁね」
　ほんと、私ってこんなにかわいいんだから、黒瀧くんにこだわらなくても、いくらでもほかのオトコを選べるわって思うんだけどなぁ。
　こんなに若くして婚約者を決めちゃうなんて、もったいなくない？
　鏡に映った自分の姿を見ながらそんなことを考える。
　──ピロン♪
　その時ふいに、スマホのメッセージ音がして。
　開いてみると、そこには彼からのメッセージが。
　……黒瀧くんだ。

タイミングよく送られてきたそれには、こう書いてあった。
【モモのドレス姿楽しみにしてる。また会場でな】
　うっ……。
　まるで私が今考えてたことを読み取られたみたい。
　もしかしてエスパーなの？
　でもまぁ、今日のパーティーはきっとたくさんのお偉方とその御曹司が参加するわけだし。
　黒瀧くん以外の婚約者候補も探してやるんだもんね。
　だって私、モテるんだもの。
　今日は、いつもみたいに彼のペースにはめられたりしないわ。
　そして支度を終えた私は、パパと一緒に黒塗りの高級車に乗りこんだ。
　運転はもちろん羽山。
　会場までの道をパパと話しながら過ごす。
「……で、どうだね。翼くんとは。仲良くやってるのか？」
　急にパパにそんなことを聞かれた時は焦ったけど。
　正直まだちゃんとつきあってるとも言えない関係しなぁ。
「べ、べつに……まだ友達よ。まだお互いのことよく知らないし、どうなるかわかんない」
「そうか。まぁ彼は紳士だからね。私としても桃果のことを安心してまかせられるよ」
「え、いや……だからまだわかんないって」

「彼の父親の黒瀧さんも翼くんの話を聞いて桃果を気に入ってくれているそうだよ。今日はしっかり挨拶しておきなさい」
「……」
　なんか……私とパパの会話がかみあってないんだけど。ダメだこりゃ。
　パパったら、黒瀧くんとの婚約を私がことわるかもなんて、まったく頭にないんだわ。
　なにを言ってもぜんぜん聞いてない。
　うまくいかなかったらどうするのよ。はぁ……。
　でもまぁ、嫌だと思ったらその時はハッキリことわってやればいいもんね。
　とりあえず今は保留(ほりゅう)ってことで……。
　うす暗い夕暮(ゆうぐ)れ時。
　窓の外をのぞいていると、何台もの車が目の前を通りすぎていく。
　私はそれをぼんやりと見ていた。
　べつに……きらいなわけじゃない。彼のこと。
　でも好きになったらちょっと悔しいって思う。
　一緒にいるのは嫌じゃないけど、まだ完全に婚約者として認めたわけじゃないから。
　今日だってべつに、彼のために着飾ってきたわけじゃないの。
　だけどどこかドキドキして、落ち着かない自分がそこにいた。

会場に着くとすでにたくさんの人が来ていて、みんなキレイなドレスやスーツに身を包んでいた。

なかには、どこかで見たことがある人の姿もチラホラ。

昔から人の顔をおぼえるのはわりと得意な私。

だからこういう時はそれなりの対応をすることができる。

司会者の進行にしたがって、主催者である黒瀧くんの父親の挨拶、それから関係者のスピーチがひととおり終わると、自由な歓談タイムに入る。

私はパパに連れられて、そこらじゅうを挨拶してまわった。

「こんばんは、いつもお世話になっております」

「おぉ、有栖川様！　こちらこそいつもお世話になっております。お隣にいらっしゃるのは娘さんで？」

「はい、長女の桃果です」

パパに紹介されて、私はペコリと頭を下げる。

「こんばんは」

「これはまた大変な美人さんだ。将来が楽しみですな～」

「いえいえ。ハハハ」

おじさん同士の会話を横で静かに聞くこと数十分……。

愛想よくニコニコし続けていたら、だんだん顔がつかれてきた。

それにしても、なかなかいないものね。素敵な御曹司って。

もちろん私の場合、御曹司なら誰でもいいってわけじゃ

なくて、『※ただしイケメンに限る』けどね。
　御曹司かつイケメンってなかなかいないのね。はぁ〜。
　するとその時、「……桃果ちゃん？」と、聞き覚えのある声がして。
　振り返れば、そこには見おぼえのある背の高い男が立っていた。
「あ、祐二(ゆうじ)くん」
　久しぶりの再会に、向こうはやたらうれしそうな顔をしている。
　彼の名は小野寺(おのでら)祐二。
　小野寺グループの御曹司で、小さい頃からパーティーでよく会う。
　パパの会社と同じように化粧品メーカーで、国内シェアはうちに次いで第２位という大企業だし、父親同士もつきあいが長いから、なにかと顔をあわせることが多くて。
　またしてもこんなところでバッタリ会っちゃうなんて、腐(くさ)れ縁(えん)を感じてしまった。
「なんかまたキレイになったね。そのドレス、すげー似合ってる」
　彼はそうつぶやくと、長い腕を伸ばし、私の後(おく)れ毛(げ)をそっとすくう。
　その表情は相変わらず妖艶(ようえん)で、ナルシストオーラ全開だった。
　祐二くんは顔は整ってるし、ぱっと見、結構なイケメンだ。

だけど、なんかチャラい。
それに自分に酔ってる感じがどうも苦手。
だから私は異性として彼に惹かれたことはない。
「お父さんとふたり？　ねぇ、よかったら一緒にまわんない？　ドリンクなにか取ってこようか？」
「えっ、でも……」
ふと横を見れば、パパはいつの間にか誰かと話しこんでいる。
それに付き添う羽山。
祐二くんはどうやらひとりみたいで、ちょっと面倒だったけど、ヒマだし仕方ないから少しだけつきあうことに。
「うーん、ちょっとだけね。待ちあわせてる人がいるから」
黒瀧くんのことが一瞬頭に浮かぶ。
でも、彼は主催者側で忙しそうだし、もし祐二くんから逃げたくなったら彼をよべばいいと思い、その場をあとにした。

「ハイ、これ桃果ちゃんのぶんね。ノンアルコールカクテルみたいだから」
「どうも」
祐二くんにドリンクを取ってきてもらい、料理が並ぶテーブルを一緒にまわった。
祐二くんは相変わらずペラペラとひとりで話してる。
「この間さぁ、親父とクルーザーで……」
だけど、ただの金持ち自慢にしか聞こえないその独り言

は、聞いてて少しうんざりした。
　はぁ……。さっきから自分の話しかしないのね。
　こうして彼と一緒にいると、いくらか黒瀧くんがマシに思えてくる。
　いや、だいぶマシ。
　っていうか、そもそも顔だってスタイルだって黒瀧くんのほうがずっといいし、親の会社の規模だって大きい。
　それなのに、あまり気取ったそぶりを見せないのは、やっぱり育ちが良いからなのかしら。
　祐二くんを見てたら、彼のことを少し見直してしまう自分がいたりして、なんだかおかしかった。
　やだ私。
　なんで黒瀧くんのことばかり考えてるのよ……。
「それでさ、夏休みは毎年恒例のハワイだったんだけどさ〜」
「はぁ……」
　それにしても本当につまらない、この男。
　さっきのおじさんめぐりもあってなんだかつかれてきて、やっぱり来るんじゃなかったなんて、心のどこかで思ったりして。
　そもそも私、黒瀧社長に招かれてこのパーティーに来たのよね？
　なのに、いまだに挨拶すらしてないって、なにしに来たのかわかんない。
　パパは相変わらず話しこんでるみたいだし……。

歩きまわってつかれたのか、急に体がフラフラしてくる。
　お腹もそこそこ満たされたところだったので、祐二くんに声をかけた。
「ねぇ、私ちょっとつかれたから休みたいんだけど」
「あ、マジ？　じゃあ少し休憩しようか」
　祐二くんの案内で、ラウンジまで連れていかれる。
　フロア全体が貸切となっているせいもあってか、人気(ひとけ)はなく静かだった。
　私はくたびれてソファーに腰掛(こしか)ける。
　なぜだかさっきから異様(いよう)に眠たかった。
「はぁー。俺もちょっと休憩」
　そうつぶやきながら、さりげなく隣に座る祐二くん。
　でもなんか、距離が近い。
「ねぇちょっと、近いんだけど……」
「そう？　いいじゃん。どうせ俺らふたりきりだし」
「は？　やめてよ。彼氏でもあるまいし」
　そう言ってにらみつけたとたん、急にギュッと手を握られた。
「えっ、ちょ……っ、なに？」
　やだ。なによ、気持ち悪い。
　そんなベタベタしないでよ。
「それにしても桃果ちゃん、キレイになったよね〜」
　祐二くんは急にいやらしい目つきで私を見つめてくる。
「は、はなしてっ」
「そのドレス、すげーそそる」

うぅっ……。
　そう言いながら胸元をのぞきこんでくる彼。
　思わず吐き気がした。
「やだっ、ちょっとなんなの？　はなれて……っ」
　だけど、体に力が入らない。さっきからずっとそう。
　どうしちゃったんだろう。
　いつもならこれくらい軽く振り払えるはずなのに、なぜだかそれができなかった。
　それをいいことに、さらに首もとに顔を寄せてくる祐二くん。
「なんか、いい匂いするね。ヤバい、キスしたくなってきた」
「……はっ？　やめてよ！」
　今度は私の顔に自分の顔を近づけてくる。
　やだ。ちょっとなにこの人！
　しかしながら必死で抵抗してみるものの、思うように力が入らなくて、彼を跳ねのけることができなかった。
「はは、なにそんな嫌がってんの？　桃果ちゃんこういうのなれてんじゃないの？　そのルックスでいろんな男を振りまわしてんでしょ？」
「はぁっ？　なにそれっ！」
　ひどい。バカじゃないのこいつ！　最低!!
　だけど次の瞬間、片手で顎をとらえられてしまって。
「もう、逃げられないよ？」
「や、やだ……」
　ほんとにやめて！

全身がガタガタ震えてくる。
　こんなヤツにファーストキスささげるとか、死んだほうがマシなのに！
　だ、誰か……。誰か助けてっ！
　声にならない。
　お願いっ!!!!
　そう心のなかでさけんだ時だ。
「……おい。そこでなにしてんの？」
　背後から急に聞きおぼえのある声がして。
　なにかと思ったら、次の瞬間どこからともなく誰かの肘があらわれ、隣にいた祐二くんの頭に勢いよくヒットした。
「おわぁっ!!」
　――バッターン！
　そのままソファーから落ちて尻餅をつく祐二くん。
　えぇ～っ！　なに……。いったい何事!?
　おどろいて振り返ると、そこには光沢のある黒いスーツに身を包んだ黒瀧くんの姿が。
　――どきん。
　う、ウソ……。
　彼は今まで見たことがないくらいこわい表情をしている。
　ぶっ飛ばされた祐二くんは、痛そうに顔をゆがめながら側頭部を手で押さえる。
「……いってぇ～」
「俺のモモになにしてくれてんの？」

えっ……。
　ちょっと待って。俺のモモとか言っちゃってるし。
「だいじょうぶか？　モモ」
「あ……だ、だいじょうぶ」
　それにしてもビックリしたよ。
　黒瀧くんだったの？　今の……。
　思いきり肘打ち食らわせてたよね？
　こんなに怒った彼の顔、初めて見た。
　あの黒瀧くんでも怒ったりするんだ。
「あんまヘンなことしてると警備員をよぶけど。それともお前の親父に言ってやろうか。よそのご令嬢にセクハラしてたって」
「……っ！　てめぇ、なんだよ！　誰かと思えば黒瀧んとこのボンボンじゃねーかよ。セクハラ？　ふざけんな。桃果ちゃんがいつ、てめぇのもんになったんだよ」
「だまれ」
　黒瀧くんは低い声でつぶやくと、祐二くんに近づいて彼の胸ぐらをグッとつかむ。
「……少なくとも、お前のもんじゃねぇ。嫌がってのに無理矢理ベタベタしやがって、どこがセクハラじゃねーんだよ。きたねぇ手でモモに触んな」
　――ドキッ。
　黒瀧くんが……あのいつもおだやかでぜんぜん怒らなそうな黒瀧くんが、すごく怒ってる。
　私のために……。

それを見ていたら、すごく心臓がドキドキしてきて。
　胸の奥がキュッと痛くなって、じわじわと熱いものがあふれだしてくるような感じがした。
　おかしいよね。やっぱり今日の私、ヘンだ。
　なんだか頭もクラクラするし……。
　すると、その時祐二くんがすかさず、胸もとをつかんでいた黒瀧くんの手をバッと振り払った。
　そして開き直ったようにニヤニヤ笑いだして。
「はは、嫌がってた？　そうかな〜？　俺にはむしろ、よろこんでるように見えたんだけどなぁ〜？」
　……はぁ！？
「……っ、てめぇ」
　黒瀧くんはますます眉間にしわを寄せ、彼をにらみつける。
　それでもまったく反省する様子のない祐二くんは、ペラペラとしゃべり続ける。
「だいたいこんな胸の谷間丸見えみてぇなドレス着て、男を挑発するほうも問題だろ。俺にはさそってるようにしか見えなかったね。うつろな目ぇしてさ。それってまさにテクニック……」
　──ガコンッ!!
　そこであまりにも腹が立った私は、黒瀧くんが手をだす前に自分で思いきりなぐってやった。
　履いていたハイヒールのパンプスで。
「……っ。い……っ、いってぇ〜っ!!　なにしやがんだ

このクソアマ!!」
「うるさいっ！　クソはあんたでしょ！　このセクハラナルシスト野郎！　親のスネかじりの分際で調子にのってんじゃないわよ！　二度と私の前にあらわれないでっ!!」
「……っ」
「帰って!!」
「…………」
　黒瀧くんもそれを見て唖然。
　祐二くんも私に言い返す言葉がないのか、ポカンとしてる。
　するとそこに若いスーツ姿の男が走ってきた。
「坊っちゃま！　翼坊っちゃま、どうされました？　ご主人様が探しておいでです。有栖川様にご挨拶をと……って、あれ？」
　あらわれたのは黒瀧家の使用人で、羽山よりずっと若い影山さん。
　おそらく20代後半くらいだと思うけど、クールな雰囲気で、顔もかなりのイケメンだ。
「ちょうどよかった。桃果お嬢様もご一緒でしたか」
「あぁ、悪いな影山。あとでモモと一緒に親父のとこ行くから。でもその前に……グレーのスーツを着たこの男を追いだしといて」
　黒瀧くんは影山さんの肩をポンと叩くと、目の前に座りこむ祐二くんに視線を送る。
「……はっ？　いや、待て。おいッ!!」

「かしこまりました」
　影山さんは黒瀧くんの命令を受けるとすぐに、祐二くんの腕をしめあげ、どこかへ連れていった。
「いて！　いてて！　やめろ〜っ!!」
　祐二くんの声が遠のいていく。

　残された私たちはふたりきり。
　なんだか一気に気がぬけてしまう。
「……はぁ」
　右手に持っていたパンプスを履き直して、黒瀧くんの方を見る。
　目があうと彼は、やさしい顔でクスッと笑った。
「やるじゃん、モモ」
　いつのまにか、いつものおだやかな彼にもどってる。
「……ま、まぁね。黒瀧くんこそ」
　なんだか少し照れくさい。
　あんまりお礼を言ったりするのは得意じゃないけど……。
　さっき黒瀧くんが来てくれて、すごく助かったのは事実だから。
「い……一応お礼しとくけど、あの、まぁ……ありがとう。助けてくれて」
　私が下を向きながら恥ずかしそうにそう告げると、彼はなぜか突然、自分のスーツの上着を脱ぎ始めた。
　……え、なに？
　そしてこちらに歩み寄ると、その上着をバサッと私の肩

にかける。
　——どきん。
「いや、モモが無事でよかった。まぁぶっちゃけ、あの男の気持ちもわからなくはねぇけどな」
「えっ？」
　なにそれ、どういう意味？
　黒瀧くんは私をじっと見下ろしながらつぶやく。
「こんなキレイなカッコしてたら、男はほっとかねぇよ。モモはただでさえかわいいんだから、これは反則レベル」
「え、ちょっ……」
　や、やだ。なに言ってるの。
　じわじわと熱くなる頬。なんで照れてるのよ、私。
　彼はそのままそっと顔を近づけると、私の額に自分の額をくっつけてきた。
　——ドキッ。
　息がふれそうな距離に、ますます頭がクラクラする。
「……ほかのヤツに、見せたくない」
　小さな低い声でそう言われた瞬間、心臓が今までにないくらい大きな音を立てて飛び跳ねたのがわかった。
　黒瀧くんは上着の端を両手で持って、私をその中に閉じこめる。
　まるでとらわれてしまったかのように、動けなくて。
　祐二くんに近寄られた時はあんなに嫌だったのに、どうして？
　吸いこまれそうなその瞳から、逃げられない。

……あぁ。
　その時、急にクラッとめまいがして、足の力がぬけた。
「……っ」
　思わずその場に座りこむ。
「……モモ？　おい、モモ！」
　なんだかどんどん意識が遠のいていくかのよう。
「モモ、しっかりしろ！　おい!!」
　黒瀧くんはあわてて自分もしゃがみこんで、私の体を支えてくれる。
　やっぱりさっきからなんか、体がヘンだ。
　熱くて、フラフラして、ダルくて。
「……うぅ」
　そのまま黒瀧くんの胸に寄りかかる私。
「……っ、モモ!?」
「……み、水」
「え？」
「水、飲みたい……」
　振りしぼるように言葉を発したところで、視界がだんだんとぼやけていく。
　それからどうしたのかは、よくおぼえていない。

　目を覚ましたらホテルの一室の、ベッドの上だった。
　いつかの保健室みたいに、黒瀧くんがすぐ隣にいて。
「……あれ？」
　なんだかすごく右手が温かい。

まばたきしながら目をやると、その手はぎゅっと彼の手に握られていた。
　……ウソ。
　もしかして、ずっとこうやって握ってたの？
　私が目を開けたことに気がついた彼は、心配そうに声をかけてくる。
「モモ、だいじょうぶか？」
　私はすぐにさっきまでのことを思い出すと、ゆっくり彼のほうに体を向け、答えた。
「う、うん。だいじょうぶ……。ごめん、なんか今日フラフラしちゃって。それよりパーティー、いかなくていいの？ずっとこんなところにいてだいじょうぶ？」
　そういえば今は何時なんだろう。
　パーティーはどうなったのかしら？
　パパと羽山はどうしてる？　黒瀧社長は？
　急にいろいろと心配になってくる。
　そもそもなんで私、眠ってたんだろう。
　せっかく招待してもらったパーティー。なにも目的を果たせていない気がするんだけど。
　でも、黒瀧くんはべつに焦る様子もなく、やさしい顔でうなずいた。
「あぁ、だいじょうぶだよ。影山に、モモは体調不良で休んでて、俺がつきそうからって親父たちに伝えてもらった。さすがに理由は言えなかったけどな」
「あ、そう……。って、え？　理由？」

なんのこと？　言えないような理由ってなに？
　なにかあるの？
　私が気になって問いかけると、黒瀧くんは眉を下げ、苦笑いする。
「うん、実はさ……たぶんだけど、モモさっき、間違えて酒を飲んだろ？」
「……へっ!?」
「なんかフラフラしててヘンだなって思ったら、酒のせいだったっぽいな。ほんのり酒っぽい匂いがしたし、影山いわく間違いないってさ。アイツはいろいろ知識があるから」
「う、ウソ……」
　やだ私。あれ、お酒だったの？
　祐二くんに渡されたノンアルコールカクテル。
　甘くてジュースみたいでおいしかったから、ゴクゴク飲んじゃったけどまさか、実はお酒だったなんて。
　アルコール入りだったんじゃない！
「ど、どうしよう……。どおりでなんかヘンだと思ったのよ。頭クラクラするし。力が入んないし。でもまさか……。あっ！　これ、パパには言わないでよ！」
　パパに言ったらすごい怒られそう。
　いろいろ理由を聞かれたら面倒だし、黒瀧くんもきっとこまるよね。
「だいじょうぶ。有栖川さんにはまだそのことは話してないよ。今、騒ぎになったら大変だし。でも、主催した側にも責任があるから、俺と親父からあとで謝ったほうがいい

かもな。ごめん」
「……っ、なんで謝るのよ。べつに黒瀧くんはなにも悪くないでしょ。勝手に間違えて飲んだ私が悪いの。だからこれは私ひとりの責任だから、だまっててだいじょうぶ。それより……」
「ん？」
「わ、私のほうこそ……さんざん振りまわしてごめんなさい」

　どうしたんだろう。
　なぜだか今日は素直に謝っている自分がいた。
　まだお酒が残ってるからかな？　わからないけど……。
　助けてくれた彼に、迷惑をかけたくない。
　彼に『ごめん』なんて、言ってほしくない。
　だったら私が怒られたほうがいい、なんて思ってしまった。ヘンよね。
　すると黒瀧くん、私の頭にポンと手を置いて。
「モモのほうこそ、べつに謝る必要ないだろ。俺はモモに振りまわされるなら本望だし」
「……えっ？」
　ちょっとちょっと、なにを言って……。
　だけど彼はやっぱり、やさしく笑ってくれる。
　その表情に少し胸が熱くなった。
　どうしてそんなにやさしいの？
　調子が狂う、本当に。
「なっ、なに言ってるのよ……」

とか言いながら私、ちょっとうれしいだなんて。どうかしてる。
　本当に今日は、黒瀧くんのことを見直すばかりで、文句のつけようがないの。
　これじゃまた、彼の思うツボなのに……。
「モモはなにも悪くねぇよ。だから、アルコールぬけるまでつきあう。俺はずっとここにいるから」
　黒瀧くんはそう言うと、また私の手をぎゅっと握る。
「ずっとモモのそばにいる」
「……っ」
　なぜだろう。こんなにドキドキしてるのは。
　やっぱりお酒にやられたのかしら、私。
　不覚にもその手をはなしたくないなんて、思ってしまった。

♡キスしたい

　２学期の中間テストも近いある日のこと。
　私は今回も学年１位を取るべく、休み時間も熱心に勉強中だった。
　黙々と英語の文法問題を解く。
　だって、黒瀧くんには負けたくないんだもん。
　彼は前回の期末テストでトップを取って、１学期の中間１位の私を追いぬかした。
　中等部時代も毎回競いあってたし。
　なにより中学受験の入試では彼がトップ合格だったから、入学式の新入生の代表挨拶は彼だった。
　その時から悔しかったの。
　本人はそんなにガリ勉してる気配ないのに。
　だから今回こそは、絶対に負けないようにがんばることに決めたの。
　するとそんな私の目の前に、黒い影が……。
「よっ、勉強中？」
「え？」
　見上げるとそこには、いつもどおりゆるーく笑う黒瀧くんが立っていた。
　テスト期間ってうちの学校はみんな、休み時間でさえ超勉強モードでピリピリしてるのに、ひとりだけまったくそれに当てはまってないみたいな。

余裕をただよわせてる感じがまたイラっとする。
　私は必死なのに！
「うん、そうよ。だってまた誰かさんに抜かれて２位だったら悔しいから」
「はは、そんなこと根にもってんの？　たまたまだろ」
「たまたまなわけないでしょー！　とかいって、そうやって油断させて、実はまた１位取る気満々だったりするんじゃないの？」
　そうよ。そうに決まってる。
　実は家に帰ったらすごい家庭教師つけて、猛勉強とかしてるのよきっと。
　じゃなきゃ、うちみたいな超名門校であんな毎回トップにいられるわけがない。
「フッ。モモはホント負けず嫌いだよな～」
　だけど彼はそんな私を見てクスッと笑うと、ポンと頭に手をのせてなでてきた。
　まるで「よしよし」って、子どもを相手するかのように。
　なによ、その顔……。
「そういう勝気なとこ、かわいい」
「……っ!?　ひ、人前でかわいいとか言わないでっ！」
「はは、照れてんだ？」
「～～っ!!　照れてないっ！　っていうか勉強の邪魔！　あっちいってよ！」
　なぜか恥ずかしくてたまらなくなって、黒瀧くんの体を両手でぎゅーっと押す。

なんで私、こんなに顔が熱くなってるの?
　ほんとにどうかしてる。
　だけど黒瀧くんはそんな私を見て楽しそうに笑うばかりで、ぜんぜん立ち去ってくれる気配なんてないのだった。
「嫌だよ。俺、モモと一緒にいたいもん」
「はぁぁっ!? なに言ってるの!? 私はいたくないってば!」
「ひでぇな〜。わかったよ、じゃあ邪魔しないから。てか、一緒に勉強すればいいじゃん」
「えっ?」
　すると、黒瀧くんは黒いカバーをつけたスマホを取りだして、画面をタップしはじめて。
「……んーとな、明日。明日なら放課後予定ないからだいじょうぶ。モモは空いてる? 空いてたら俺ん家で一緒に勉強しない?」
「……はっ?」
　ちょっと待って。なんで急にそんな流れになるの?
「えっ、ちょっと待ってよ! そんな急に言われても……」
「ちょうどよかった。1回うちにも招待したかったし。ダメ?」
「……っ」
　またこの男ったら、強引に人の予定を決めて……。
　だけど、実はちょっとだけ気になる。
　黒瀧くんがどんな豪邸に住んでいるのかも。彼の勉強法も。

もしなにか、完璧な彼の秘密みたいなものがあるのなら知りたいし、成績トップの秘策があればマネしたい気もする。
　そう考えたらなんだか彼の家に招かれるのも悪くない気がしてきた。
　うーん……。仕方ないわね。
「べ、べつにいいけど………。そのかわり、勉強しにいくんだからね！　デートとかじゃないからね！」
「はいはい、わかってるって。じゃあ決まりなっ」
　──ポンッ。
　またしても、ヘラヘラと笑いながら私の頭の上に置かれる大きな手。
　なんだかまた彼のペースに乗せられてしまったような、そんな気もするけど……まぁいっか。
　ほんとはね、そこまで嫌じゃないの。
　黒瀧くんにかまわれるのも、何度もさそわれたりするのも。
　ただ、素直にOKしたくないだけ。
　なんか、ヘンなの……。
　そして結局私はまた流されて、黒瀧くんの家に行くことになったのでした。
　まぁ、一緒に勉強するだけだしね。
　それ以外にはなにもないし、あくまで友達として、よ。
　決して彼に惹かれてるからとかじゃないんだからね。

「ウソーッ！？　やだぁ、なんか順調じゃ～ん！」
　翌日、詩織に報告したら大騒ぎ。
　雑誌片手にニヤニヤしはじめる。
「べつに、順調じゃないわよ。偵察よ偵察。あの男がどんな家に住んでるのか見てみたいし、どうやって勉強してるのか知りたいだけ。決して仲がいいわけじゃ……」
「えーっ、でもなんだかんだいつも一緒にいるしさぁ。もう彼氏みたいなものでしょ。その彼氏の部屋に行くってことは、やっぱりそういう可能性がなきにしもあらずで……。ドキドキじゃない？」
「えっ？　可能性？」
　なんの可能性よって聞こうと思ったら、詩織は持っていた雑誌をバン！と机の上に広げてみせた。
「ほらー、これ見てみなよ。彼が彼女を部屋によぶのは、ふたりの距離を縮めたいから～って書いてあるよ！　まさにタイムリー！」
「えぇ？」
　たしかにその雑誌にはいろいろと、彼の部屋に行くときの注意点、服装、アピールポイントなんかが書いてあるけど。
　距離を縮めるって……べつに勉強しにいくだけだもん。
　ラブラブカップルのおうちデートじゃあるまいし。
「私たち、べつにそういうのじゃないから」
「むこうはそうは思ってないかもよー？」
「ど、どういう意味よっ？」

「翼くんだって、オトコだよ？」
「……っ!?」
　詩織は意味深な笑みを浮かべる。
　やだちょっと、なに言ってるのよ。まさか……。
「部屋でふたりきりでしょ。チューくらい覚悟しといたほうがいいんじゃない？」
「はっ!?」
　そう言われた瞬間、頭が真っ白になった。
　え、チューって……ウソでしょ。そんな……。
「む、むむむムリッ！　そんなことあるわけないって！」
　とか言いながら、黒瀧くんは最初いきなりほっぺにチューしてきたような人だ。
　欧米人かってね！
　やだやだっ。なんで私はこんなに動揺してるんだろう。
「わかんないよ〜？　意外に肉食だったりして」
「……なっ！」
　いやもちろん、黒瀧くんだって男だけど。
　そんなことはわかってたはずなのに、今まであまり意識してなかったものだから、いざそう言われてしまうと、ヘンなこと考えちゃう。
　……ダメダメダメ！
　まだ正式に彼氏だって認めたわけじゃないんだから！
　今度こそ流されたりしないわ。
　だけど、ニヤニヤ楽しそうにする詩織の横でバカみたいに顔を真っ赤にしながら、ヘンな妄想ばかりしてしまう私

は本当にどうかしていた。

「え……ここ?」
「うん、そうだよ」
　黒瀧くんの家の門の前で一瞬目をうたがいそうになって、思わず問いかける。
　目の前にデカデカと建っているそれは、想像していた以上に立派な豪邸だった。
「ず、ずいぶん……大きな家ね。アナタ、いったい何者?」
　なんて口にしてしまうくらい。
　うちだって結構大きいけど、なんかもっとすごいんだもん。
　家の大きさ比べても仕方ないけど、ちょっと悔しい。
「はは、何者って。そんなすごいもんじゃねぇよ」
「またまた謙遜しちゃって。ほんとは自分のことすごいって思ってるくせに」
「……。でも、俺が建てたわけじゃないから。すごいのは親父で、俺はぜんぜんすごくない」
　こういう謙虚なところが実に不思議。
　少なくとも、私が今まで関わってきた人たちのなかにはあまりいないタイプ。
　まぁ、私がうぬぼれすぎなのかもしれないけどね。
　人一倍なんでもそろってるのに、自分のステータスをまったく振りかざしてないところがすごい。
　祐二くんみたいに自慢されても嫌だけど……。

「とりあえず、入ろう」
「あ、うん」
　黒瀧くんは私の手を取ると、門にカードキーを差しこむ。
　そして開け放たれた門をぬけ、庭の真ん中を通る長い道を歩いていくと、ようやく玄関(げんかん)にたどりついた。
　──ガチャッ。
「おかえりなさいませ、お坊っちゃま！」
　玄関のドアを開けたとたん、出迎えに来る使用人たち。
　彼らは私の姿を目にすると、再びピシッと頭を下げた。
「これはこれは、桃果お嬢様、お待ちしておりました！」
　なぜかみんな私のこと知ってるし……。
「あ、どうも……。こんにちは」
「こんにちは！　おウワサどおりおキレイな方ですね～！ええと、奥様は今外出中で、葵(あおい)様がお部屋にいらっしゃいます」
「わかった。今日は俺の部屋で勉強するからよろしく。あ、荷物はいい、自分で持ってくから」
「かしこまりました。お茶のご用意は？」
「だいじょうぶ、自分でやる。ありがとう」
　そんな彼の姿を見てまたビックリする。
　前から思ってたけど、黒瀧くんってなんか、使用人いらずじゃない？
　自分のことなんでも自分でやるんだもん。
　学校だって電車通学だし。
　私なんて、家に帰ったら上げ膳(ぜん)据え膳のいたれり尽くせ

りよ。
　こんな家に生まれてどうしたらこんなふうになるわけ？
　親の教育の違い？
　うーん……。
「ほら、モモおいで」
「あ、うん」
　黒瀧くんに連れられて階段をあがる。
　見まわすと、壁や出窓などいたるところに絵やアンティークの置物が飾ってあって、とても素敵だった。
　外観も立派だけど、中もまた立派なのね。
　さすがＡＢＣグループ代表の自宅って感じ。
「ここが俺の部屋」
　そう言って通された部屋は、広くてとても片づいていた。
「……へぇ」
　あまりムダなものが置かれていなくて、インテリアは黒を基調としたシンプルな部屋。
　部屋の中央には、高そうなふたり掛けサイズのソファーとローテーブルがあって、その奥にはピアノなんかも置いてある。
　本棚には本やＣＤがずらっと並んでいるし、デスクにはノートパソコンが置かれていて、その横にはたくさんの資料のような紙が積んであった。
　もしかして、ここで親の仕事の手伝いでもしてるのかな？
「俺、なんか飲み物を持ってくるからそのソファーに座っ

てて。コーヒーと紅茶とほかにもいろいろあるけど、なにか希望ある？」
「じゃあ私、アイスのジャスミンティーで」
「わかった」

　そして本当に自分で飲み物を取りにいってくれた。
　言われたとおり、ソファーに腰掛けて待つ。
　なんとなくジロジロと部屋を見てしまう。
　なんかもっと、彼の秘密みたいなのを見つけたかったのに、これといって意外なものとかもあまりないし。
　うーん……。
　だけどその時、部屋のすみにあるチェストが目にとまった。
　そこにはいくつかの写真立てが。
　幼稚園時代の写真に、ピアノの発表会の写真。
　それから中等部時代の剣道部の胴着姿の写真に……。
　どれも女の子みたいにキレイな顔で、笑顔がまぶしい。
　ぜんぜん顔が変わってないんだ。
　だけど、その横にふと１枚の気になる写真が。
「……えっ？」
　中等部の制服を着た黒瀧くんに抱きつくワンピース姿の美少女と、その横で友達が数人笑ってる写真。
　この人、誰……？
　それを見た瞬間、少し嫌な気持ちになった。
　私ったらなんで、こんな……。
　──ガチャッ。

そんな時彼がもどってきて。
　黒瀧くんは飲み物の入ったトレーをテーブルに置くとすぐ、私のところまでやってきた。
「なに見てんの？」
　――ドキッ。
「……写真。黒瀧くん、子どもの頃から、ほとんど顔変わってないのね」
「だろ？　よく言われる」
「剣道部だったんだ？」
「そうだよ。モモは合唱部だったよな？」
「あら、よく知ってるわね」
「まぁね。モモは有名人だったし」
　とかいって、あなたも負けないくらい有名人だったけどね。
　さすがに部活までは興味なくておぼえてなかったけど。
　黒瀧くんはいつも成績がよくて、私は気に食わなかった。
　そのうえ、こんな美人な彼女までいたとは。
　ずいぶんなリア充中学生だこと。
「っていうか、この人は誰？」
　ガマンできなくて、思わず聞いてしまった。
　本当は聞くつもりなかったのに。
　すると、黒瀧くんはその写真を見て「えっ？　あぁ、これ？」と、ぶっきらぼうに答えた。
　次に私に目をやると、意地悪く笑う。
「はは、このコね。うーん、誰だと思う？」

なに？　そのムカつく聞き方。
「……元カノ」
「ブッブー。残念」
「っはぁ!?」
「ははは、元カノの写真なんか飾んねーよ。違う違う、これはうちの姉。ほらさっき玄関で葵って言ってたろ？音大に通ってる大学1年生」
「えっ、お姉さん!?」
　なんだ、お姉さんなんていたんだ。
　しかも音大とか、すごい。
「そうだよ」
「抱きつくなんて、ずいぶん弟好きなのね」
「……まぁな。ちょっとこまるくらいに。今は彼氏ができてだいぶ落ちついたけどな」
　へぇー、かわいがられてるんだ。
　すると、ちょうどどこからかピアノの音が聞こえてきた。
　〜〜♪
　まるでピアニストが弾いてるみたいな美しい音色。
　私とは比べものにならないくらい上手。
「ほら、葵が弾いてる。ピアニスト志望なんだ」
「へぇ、すごい……。上手ね」
「元カノじゃなくて安心した？」
「……はっ？」
　なにそれ。
　黒瀧くんはからかうようにニッと笑ってみせる。

まるで私が誤解して、ヤキモチ妬いてたみたいな言い方。
「べ、べつにっ！　元カノでもまったくかまわなかったけどね！」
　とかいいながら、内心ちょっとホッとしてたりして。
　元カノじゃなくてよかったって。
　やっぱりおかしいわ、私。こんなこと思っちゃうなんて。
　ヘンなの……。

　それから１時間くらいふたりで一緒に勉強したのだけれど、なぜかおどろくほど集中することができた。
　黒瀧くんは、勉強中はほとんどしゃべらないし、話しかけてこない。
　なんだか自分の世界に入っちゃってる感じ。
　私もわりとそういうタイプだから、お互い不気味なくらい静かでシーンとしてた。
　だけどたまに私が英語の長文読解で悩んでたりすると、声をかけてきたりして。
　小学生の頃、家族でアメリカに住んでいたという彼は、自宅でネイティヴの英語教師に習っただけの私よりも、ずっと英語がよくわかっているみたいだった。
　インターナショナルだからスキンシップが多いのかなぁ。
　悔しいけど、わからないところを少し教えてもらった。
　おかしいわよね。こんなふうに仲良く勉強するつもりじゃなかったのに。

思ってた以上に、彼の部屋は居心地がいい。
「ちょっと休憩(きゅうけい)する?」
　そこそこはかどったかなというところで、黒瀧くんが声をかけてきた。
　また自分から下に降りていって、おいしそうなお菓子をカゴに入れて持ってくる。
　どこかで見たことがあるようなそれは、近くにある有名店の焼き菓子だった。
「これ知ってる?　葵が好きでさ、よく買ってくるんだよ」
「知ってる!　Miyakawa(ミヤカワ)の焼き菓子でしょ?　うちのママが大好きなの!　あそこ、パンもおいしいのよね」
「そうそう、パンもよく買ってくる」
　思わずテンションがあがる。
　甘いものは昔から大好きで、ここの焼き菓子もママとよく一緒に食べてたから。
　まさか黒瀧くんの家でもいただくなんて思わなかったわ。
「モモがよろこんでくれてよかった」
　黒瀧くんは、急に目を輝かせた私を見て、クスッと笑う。
　ついつい素(す)がでてしまったみたいでちょっと恥ずかしくなった。
　彼はいつも私を見て、楽しそうに笑う。
　見守るかのようなおだやかな笑顔を見ていると、不思議な気持ちになる。
　胸があったかくなるような、少しくすぐったいような

……。
　なにが楽しいんだろうって思うんだけど、黒瀧くんは私といるだけで、わけもなくいつも楽しそうだ。
「お～いしい～！」
　焼き菓子は本当においしくて、勉強して頭を使ったあとだから、なおさら幸せな気持ちになった。
　黒瀧くんは、わざわざコーヒーまで淹れてきてくれたみたいだし。
　しかも、これもまたすごく味わい深い。
「このコーヒーなに？　すっごくいい香りがする！」
「あーそれは、影山が淹れてくれたんだよ。影山はバリスタの資格ももってる」
「えぇ～っ!?　前から思ってたんだけど、影山さんって何者なの？　イケメンだし、若いし、多才だし、もっとほかの仕事やればよかったのに」
「はは、まぁな」
「使用人にしとくのには、もったいないんじゃないの？　あんなイイ男」
　私が何気なくそう言うと、黒瀧くんは少しだまって、それからテーブルに片肘をついた。
　なんだかちょっと不満そうな顔で。
「……影山のことは、カッコいいって思うんだ」
「えっ？」
　ボソッとつぶやいたその言葉にビックリする。
　だって、なんかスネてるみたいに聞こえるんだもん。

「いや、だって、カッコいいでしょ。アレは」
　だけど私はフォローするでもなく、正直に答えてしまって。
　そしたら彼は少しさみしそうな顔をして笑った。
「そうだな。俺もそう思う」
　その表情になぜだか胸がチクっとする。
　……なに。なによ。
　まるで影山さんのことをほめたからって、ヤキモチ妬いてるみたい。
　自分もほめてほしかったのかしら。
　そんなスネたような顔するなんて。
　意外……。
　黒瀧くんでもスネたり、妬いたりするの？
　私としたことが不覚にも、そんな彼がちょっとかわいく思えてしまった。
　いつも私よりずっと落ち着いてて余裕かましてる彼が、なんか子どもみたいに見えるんだもん。
　コーヒーをひと口飲んで、再び彼を見上げる。
　すると、食べたばかりのブラウニーの茶色いくずが、彼の口もとについていた。
　あら。本人は気づいてないみたいだけど……。
　思わず手を伸ばしてみる。
　間近(まぢか)で見る彼の顔は、やっぱりとてもキレイ。
　……ホントはね、影山さんより黒瀧くんのほうがイケメンだって思ってるよ。

ただ、なんか悔しいし恥ずかしいから、それを言いたくないだけ。
「ねぇ、なんかついてるよ」
　私が口もとにふれたら、彼はおどろいたようにこっちを見た。
「……えっ？」
　そっとブラウニーのくずを取って、クスッと笑ってみせる。
「ふふ、子どもみたい」
　すると彼はそんな私を見て、なぜかポッと頬を赤くして。
　あ、恥ずかしかったのかな？
　……なんて思った瞬間、いきなりぎゅっと抱きしめられた。
「きゃっ！」
　えぇっ!?　ちょ、ちょっと〜！
　彼の腕にすっぽりと包まれて、動けなくなる。
「なになに、どうしたのっ!?」
「モモ……」
　──どきん。
　静かな部屋に、ふたりきり。
　急に私の心臓が騒がしくなった。
「好きだよ」
「……っ」
　耳もとでささやく甘い声。
　──ドキドキ。ドキドキ。ドキドキ。

ウソ、なにこれ……。
　ドキドキしすぎて苦しい。おかしくなりそう。
　いきなりどうしちゃったの？
　いつだって甘いことばかり言う黒瀧くんだけど、こんなストレートに好きなんて言われたのは、初めてだ。
　どうしよう、恥ずかしいよ……。
　黒瀧くんはさらに腕にぎゅっと力をこめる。
　そしてまた耳もとで小さくつぶやいた。
「……キスしたい」
　……えっ？
　えぇぇ～～っ!?
　い、今なんて……。
　キスって言ったよね!?
「ちょっ！　な、なに言って……」
　突然の爆弾発言に心臓がとまりそうになる。
　どうしちゃったの、ホント！
　すると黒瀧くんは腕の力をゆるめ、ゆっくりと顔をあげた。
　熱っぽい丸い瞳が私をじっと見下ろす。
　――ドクン。
「モモ、キスしていい？」
　甘えるように問いかけながら、整った美しい顔がゆっくりと近づいてくる。
　――ドキドキ。ドキドキ。ドキドキ。
　う、ウソでしょ～～っ!!　本気なの!?

「やっ、ちょっ、あのっ……」
　動揺しまくる私をよそに、黒瀧くんはそっと私の頬に片手をそえる。
　今にも心臓が破裂(はれつ)しそうだった。
　待って待って！
　急にそんなの無理に決まってるから！
　心の準備できてないよ。どうしよ……。
「ダ……ダメッ。……いやっ!!」
　――ドンッ！！
　だからついうっかり勢いで、彼の胸をぐっと押しのけてしまった。
　黒瀧くんはおどろいた顔でうしろに手をつく。
「……っ、と、友達って言ったでしょ!!」
　勢いのまま言葉がでてくる。
　なんだかもうわけがわからなくて、混乱してた。
　顔が、体が、沸騰(ふっとう)しそうなくらいに熱い。
　べつに、本気で嫌だと思ったわけじゃないけど……。
　あれ以上近づかれたら、恥ずかしくてどうにかなりそうだったから。
「…………」
　黒瀧くんの顔を見ることができない。
　バクバクと胸の音がうるさくて。
　すると下を向きながらだまりこむ私に、彼は小さく言った。
「……そうだよな、ごめん」

それはそれは悲しげな声で。
　　ハッとして顔をあげる。
　　そしたらそこには、ひどく傷ついた表情をした黒瀧くんがいて。
　　——ドクン。
　　見た瞬間、胸がズキッと痛む。
　　今まで見たことがないくらいに、悲しそうな顔だ。
　　なによ、そんな顔しなくても……。
　　いや、でも、さすがに押しのけたのはまずかったかな。
　　勢いで嫌って言っちゃったし……。
「モモ、ごめん」
　　黒瀧くんはそう言って少しうつむくと、私の頭にポンと手をのせた。
　　べつに、そこまでヒドイことをされたわけじゃないはずなのに。
　　すごくヒドイことしたみたいな謝り方。
　　だけど、なにも言えない。気まずくて……。
　　なにを話したらいいのかわからなくて。
　　ふたりの間に今までにないくらい、気まずい空気が流れた。
　　さっきまで居心地のよかった部屋が、一瞬にして居心地が悪くなったように感じてしまった。

♡特別になりたい

「はぁ〜〜っ」

　朝から大きなため息がもれる。

　今日は大きらいな体育もないし、天気もいいのに、なんだかとても憂鬱だった。

　だって……昨日のことが頭からはなれなくて。

　黒瀧くんとはあのあと、ずっと気まずかった。

　まさか、キスされそうになるなんて思わなかったし。

　彼はそのあとも一応普通に接してくれたけど、どこか元気がなかった。

　当たり前か。

　ビックリして私、突きとばしちゃったんだもん。

　それでまさか、あそこまで傷ついた顔をされるとは思わなかったけど。

　本当はべつに、そこまで嫌だったわけじゃない。

　ううん、正直、ぜんぜん嫌じゃなかった。どうしてか。

　彼にふれられるのも、抱きしめられるのも、嫌だなんて思わなかったけど……。

　恥ずかしかったの。

　恥ずかしくて、自分がどうにかなってしまいそうで。

　このまま私、心臓がとまっちゃうんじゃないかって思った。

　だからもうこれ以上はムリだって、突きとばしちゃった。

黒瀧くんはきっとショックだったんだろうけど。
　でも、いきなりそんなことするほうもするほうじゃない？
　こっちにだって心の準備ってものがあるでしょ。
　第一、私たちまだちゃんとつきあってない。
　自分で友達からって言ったくせに。「キスしたい」だなんて。
　そんなのムリに決まってる。
　黒瀧くんはキスなんてなれてるのかもしれないけど、私は初めてなんだから。
　軽々しくそういうこと、しないでほしいわ。
「はぁ……」
　なのにどうしてだろう。こんなに気分が悪いのは。
　黒瀧くんの悲しそうな顔が頭からはなれなくて。
　傷つけちゃったかも、なんて少し不安になった。
　悪いのは向こうなのに。なにこの罪悪感。
　私、なにも悪いことしてないでしょ？　拒否して当然でしょ？
　なのにどうしてこんな、モヤモヤしちゃうんだろう……。

「どうしたの？　そんなため息ついて」
　昼休み、勘のいい詩織が尋ねてきた。
　やっぱり私の様子がヘンだと思ったみたい。
「もしかして、昨日翼くんとなにかあった？」
「べ、べつに……」

「ウソ。絶対なんかあったでしょ」
　うぅっ。なんでわかるかなぁ〜、この人には。
「な、なかったよ。ほんとに……」
　なにかされたとかはね。
　されそうになっただけで……。
「えー、じゃあなんでそんなテンション低いの？　桃果らしくない。今日は翼くんも1回も見てないし、なんかヘン」
「そうかしら？」
「お昼は一緒に食べなくていいの？」
「……っ」
　そう言われて気がついた。
　そういえば……今日はお昼を一緒に食べようって、迎えにこないや。
　いつもだったら昼休みになるとすぐ来てくれる。授業の間の休み時間だって会いにくるのに。
　今日はまだ一度も来ていない。
　やっぱり昨日のことがあったからかな……。
　思わず顔が曇る。
「ほら、やっぱりなんかあったんだ」
「うぅ……」
　さすがするどい詩織。
　あんまり言いたくなかったけど、結局隠しきれなくて。
「じゃあ、久しぶりにふたりで食べよっか」
　そのまま詩織と学食に移動した。

「えぇ〜っ!?　ほんとにキスされそうになったの!?」
「シィィ〜〜っ!!」
　詩織に昨日のことを話したら、案の定大騒ぎされた。
「大声ださないでよ！　それに、されそうになっただけで、してないからねっ!!」
「なんだ、しちゃえばよかったのに〜。もったいない。想像しただけでニヤけちゃうわ、私。うらやましくて」
「やめて〜っ！」
「なに、じゃあそれを恥ずかしくて突き飛ばしちゃったの？」
「う、うん……」
「なるほど。だから気まずくなっちゃったわけね」
「………」
「だから翼くん、今日は桃果のところに来なかったんだ」
　そう言われると、なんだか胸が痛い。
　私が悪いみたい……。
　べつに悪いことしてないのに！
「まぁ、桃果の気持ちもわかるけどね〜」
「で、でしょ!?」
　詩織はうんうん、とうなずきながらサンドイッチをひと口かじる。
「でもさぁ、翼くん的にはやっぱりショックだったんじゃない？」
「……っ」
「突き飛ばされたらへこむよ、さすがに」

「し、仕方ないでしょ！　ビックリしたんだもん！　それに、友達からって言ったのは向こうなのに、いきなりキスするとか……」
「うーん……。でも、したいでしょ。好きな子とキスくらい」
「なっ！」
「桃果のことが好きなんだもん。仕方ないよ」
　そ、そんなこと言われても……。
　じゃあどうしたらいいの。
「桃果は翼くんにキスされたら嫌なの？」
「えっ？」
　詩織は真剣な顔で尋ねる。
「い、嫌っていうか……」
　恥ずかしくてできない。そんなこと。
　でもだからって……。
「べつに、そんな……めちゃくちゃ嫌っていうわけじゃないけど……」
「嫌じゃないんだ？」
「……っ、でも、まだそういうのは私……」
「心の準備がーって？」
「う、うん……」
「ふふっ、じゃあ素直にそう言えばいいじゃん。突き飛ばすんじゃなくて」
「えっ？」
　笑いながらそう言う詩織はなんだかすごく大人びて見える。

でも言われて「そっか」って思った。
「桃果だって、このまま気まずいのは嫌なんでしょ？　だからそんなに元気がないんでしょ」
　それは、そのとおりだ。
「……うん。まぁ」
「じゃあちゃんと伝えてきなよ。誤解（ごかい）は解いておかなくちゃ。翼くんきっと落ちこんでるよ？」
「そうかしら」
「うん。男心って結構繊細（せんさい）なんだよ？」
　とか言っちゃう詩織はいったい何者なんだろう。
　いつも彼女のアドバイスは冷静で、的確（てきかく）で、大人だ。
　私が子どもっぽいだけかな？　すごいわ……。
「そ、そうね」
　でもなんだかちょっとだけスッキリした。
　答えがでたような。
　詩織のおかげでモヤモヤしていた気持ちが少し晴れたような気がする。
　黒瀧くんに一応、謝っておこうかな。
　自分から謝るのって苦手だけど……。
　このまま気まずいのも、ずっと落ちこまれるのも嫌だし。
　彼にはやっぱりいつもどおり、笑っていてほしいなって。
　そんなふうに思った、昼休み。

　放課後、私は下駄箱（げたばこ）の前の廊下で黒瀧くんを待ち伏せた。
　仕方なくね。

このままずっと気まずいのも嫌だから、一応謝ってあげることにしたの。
　なんで私のほうから謝らなくちゃいけないのよって感じだけど。なんかずいぶんと落ちこんでるみたいだから。
　ざわざわと廊下へ人が流れてくる。
　通りすぎる人たちのなかに、黒瀧くんの姿を探す。
　だけど、そんなに必死で探さなくても、彼はすぐに見つけられた。
　だって、すごく目立つから。
　とくに派手な格好をしてるわけでもないのに、人一倍容姿の整った彼は、人ごみのなかにいても一瞬でわかる。
「あっ……」
　よびとめようと近づいてみる。
　すると、黒瀧くんと一緒にいた友達との会話が聞こえてきて……。
「えー、じゃあ俺ん家に行ってみんなで勉強する？」
「賛成！　なぁ、翼も来いよ」
「そうそう、恋わずらいもほどほどにしてさ～」
「うるせぇ、恋わずらいとか言うなよ」
　あら、なんか約束しちゃってる？
　てか、恋わずらいってなによ。もしかして私のこと？
　さっそく友達にイジられてるんだけど。
　私は少し話しかけづらかったけど、思いきって黒瀧くんたちの前におどりでてみた。
　立ちはだかるように腕を組んで。

「……あの、ちょっといい?」
　すると、いっせいに目を丸くする彼ら。
「えっ!?」
「わぁ、有栖川さんだ!　かっわい～!」
「ウワサをすれば!」
　そして誰よりおどろいた様子の黒瀧くん。
「っ、モモ……」
　やっぱりまだ気まずそうな顔をしてる。
「ちょっと話があるんだけど」
　私がそうきりだすと、彼は素直にうなずいて。
「……わかった」
　それから友達みんなにことわりを入れた。
「わりぃ。今日、やっぱ俺、パス」
　すると空気を読んだ彼の友人たちはササッとその場から退散。
「オッケー、またなー!」
「お幸せにー!」
　そしてやっとふたりきりになったところで、私はだまりこむ彼に自分から口を開いた。
「……お昼、毎日一緒に食べるんじゃなかったの?」
　むすっとした顔で彼を見上げる。
　すると黒瀧くん。
「あぁ、ごめんな。え、もしかして待ってた?」
「べつに。待ってないけど」
「……そっか」

「ぜんぜん待ってないわよ。でもなんで、今日は来なかったわけ？」
　あぁ、私ってすごく意地悪かもしれない。
　だけどあえて問いつめてみる。
「……ごめん。モモにどんな顔して会えばいいかわかんなかった」
「へぇ〜、そう。黒瀧くんって意外とヘタレなのね」
「なっ……」
　あぁ、ほんとに私ったらかわいくないわ。
　こんな言い方しかできないなんて。
「あのくらいでへこんじゃったりするんだもん」
「……っ」
　黒瀧くんはバツが悪そうな顔をしてる。
「ほんとにもう、仕方ないわね」
　だから私は彼にそっと歩み寄ると、彼のブレザーからでたカーディガンの裾をギュッとつかんだ。
　ちょっと恥ずかしい。
　ドキドキする……。
　でも、言うしかない。
「あ、あのね……。べつに……嫌だったわけじゃないから」
「えっ？」
　私が下を向きながらボソッと告げると、おどろきの声をあげる彼。
　とにかくもう、さっさと言ってしまおうと思った。あれこれ聞かれる前に。

「は、恥ずかしかったのっ……！　私、初めてだったから！」
　あぁ、もう！
「だからっ……」
　顔面が沸騰しそうなくらい熱い。
「ごめんねっ！　突き飛ばしたりして!!」
　なかばヤケクソな感じで謝った。
　あぁもう恥ずかしい！　なんで私がこんなこと！
　すると黒瀧くんは、一瞬おどろいたように目を丸くしたかと思うと……。
　――ぎゅっ。
　ふいに体ごと思いきり抱きしめてきた。
　みんなが見てるのに。
「きゃっ！　ちょ……っ、ここ、学校！」
「モモ」
　――ドクン。
　耳もとでよぶやさしい声に、心臓が大きな音を立てる。
「ううん、ごめん。俺のほうこそごめんな」
「……っ、べつに、謝らなくていいわよ。だからはなして……」
「モモの笑った顔見たら俺、とまんなかった」
「えっ？」
　な、なにを言いだすの、急に……。
　黒瀧くんはさらにぎゅっと腕に力をこめる。
「……よかった。きらわれたかと思ってた」
「そ、そんなのできらいになるわけないでしょ！」

「よかった……」
　そうつぶやく声は本当に、心から安堵したかのようで、なんだかとても胸の奥がむずがゆくなった。
　なんだろう……。
　黒瀧くんは私が思ってる以上に、私のことが好きなのかもしれない。
　そう思ったら照れくさいけど、ちょっとうれしくて。
　みんなの視線にさらされながら、もちろん恥ずかしかったけれど、彼の腕のなかで、どこかホッとしている自分がいた。

　そして帰り道。
　ふたりで並んで歩いていると、黒瀧くんが急に語り始めた。
「俺さ、あの時、モモに『友達』って言われて、けっこーショックだったんだよね」
「えっ？」
　そういえば……そんなこと言ったっけ、私。
「なんだ俺、やっぱ友達としか思われてねーんだって思ったらへこんだ。自分で『友達からでいい』って言ったはずなのに」
　……なんだ、わかってるんじゃない。自分で。
「おかしいよな。いつの間にか欲ばりになってた。モモと一緒にいるうちにだんだん、欲がでてきたっつーか」
「……」

「調子に乗ってたかもしんない」
「そうね」
　とか返しちゃう私は、相当かわいくない。
　だけど、黒瀧くんはそれを見てクスッと笑った。
「手強いな〜、相変わらず」
「あ、当たり前よっ。私、そんなにやすくないもん！」
　なんて言いながらも、黒瀧くんにはだいぶ気を許してしまっているんだけど。
　もう警戒心とかはまったくない。
　むしろ信用してる。
　だけどまだ素直に「彼女になります」なんて、言いたくないっていうか……。
　まだこの気持ちが"好き"なのかどうかは、自分でもよくわからないから。
「はは、さすがモモ。でもさぁ俺、もうちょっと昇格したいんだけど」
「えっ？」
　昇格？
「もうちょっと、モモの特別になりたい」
　黒瀧くんはそう言うと、また私の頭にポンと手を置いてくる。
　つぶらな瞳でまっすぐに私のほうを見ながら。
　その顔、ちょっとずるい。
「と、特別って……なに？　あっ、キスしたいの？　ダメよ」
「……ブッ！　あはは、いや、そういう意味じゃなくて。

もちろんしたいって思ってるけどな。でもせめてさ、俺のこと名前でよんでくんない？」
「……えっ？」
「黒瀧くんっていうの、やめない？」
　そう言われて思い出した。
　私、たしか名前でよぶのが恥ずかしくてよべなかったんだ。最初の頃。ずっとそのままになってた。
　でもべつにまぁ、そのくらいなら……。
「翼ってよんでよ」
　ふいに顔をジッと近づけられて、ドキッとした。
　彼はたまにこうして甘えるような口調で、人のことをドキッとさせる。
　わざとなのかな？
「よ、よび捨ては、ちょっと……」
「じゃあ、翼くんでいいよ」
「……わ、わかった」
「言ってみてよ」
「えっ？　つ、つば……」
　やだ。なんか、いざ言おうとすると恥ずかしい。
「つばさ……くん」
　やっとの思いで口にした瞬間、自分の顔がかぁっと熱くなった。
　なによ。私ったら、このくらいで……。
「よくできました」
　そう言って満足したように笑いながら、頭をなでてくる

彼。
「ちょっ……」
「はは、モモの顔、赤い。かわいい」
「や、やめてよっ……！」
　そしてまた振りまわされる。いつもどおり。
　だけどまたこうしてもとにもどれたことに、ホッとしてる自分がいたりして。
　いつの間にか、彼といる生活にすっかりなれてしまっていたことにおどろいた。
　不思議……。
　最初はあんなに嫌がってたはずなのにね。
　結局、私はこの日から、彼を下の名前でよぶことになった。
　それでふたりの距離が縮まったかどうかは謎だけど。
　少しだけ特別に近づいたのは、たしかで。
　やっぱり相変わらず彼のペースに、はめられてしまっている。

♡ライバル登場!?

「えー今年の芸術祭ですが、クラス企画はス○ーウォーズメドレーのオーケストラ演奏に決まりました」

──パチパチパチ!

「そして学年選抜による演劇、1年生は『白雪姫』をやりますので、来週から始まる配役決め投票をひとり一票お願いします」

ホームルームの時間、芸術祭実行委員が教卓の前で説明する。

高等部の秋の一大イベント「芸術祭」の季節がついにやってきてしまった。

ウワサには聞いていたけど、この芸術祭、実はかなりのハイクオリティーな学園祭で、練習もかなりハードみたい。

中等部時代から憧れつつも、実際にやるのは初めてでドキドキしてた。

なにせ"名門"と名高いうちの学校。

中途半端な出し物や演出なんて許されない。

みんなプロ顔負けの演奏や劇や作品で、そのワザを競いあうのだ。

我が校の芸術祭は普通の学校の学園祭とは少し違う。

"芸術"というだけあって、催し物は芸術関係にしぼられている。

個人による美術作品、部活による展示や出し物、そして

各クラスのステージ発表。
　それらで賞を競いあうのが毎年恒例となっていた。
　だけど、一番の目玉は、なんといっても学年選抜の生徒たちによる演劇。
　これは学年ごとに行い、選ばれた人だけしかでられない。
　しかもオーディションではなく、生徒たちによる人気投票。
　だから、この劇に出演する人たちはある意味学年のスターで、でられること自体がとても名誉なことだった。
　それが主役ならなおさら。
　主役を演じた男女は毎年「プリンス」、「プリンセス」、なんてよばれて崇められる。
　みんなの憧れの的として認められた証拠。
　だから負けず嫌いな私は、表向きでは涼しい顔をしてるけど、なんとしてでも主役の白雪姫の役を勝ち取りたいと内心では燃えていた。
「やっぱり白雪姫は桃果ちゃんかなー。ダントツでかわいいし」
「有栖川さんより華がある人はなかなかいないよね。スタイルも顔も芸能人レベル！」
「桃果ちゃんのドレス姿とかやべーだろ！」
　みんな、私が主役にふさわしいとウワサしてくれてるわ。
　よかった。
「王子は翼くん以外ありえないよね！」
「絵に描いたような王子様だもんっ！」

「翼くんこそ実写版王子様だわ!!」
 そして、王子様役もやっぱり彼が人気だった。
 っていうか、ダントツ？
 翼くんなんてもう満場一致みたいな勢いで、誰もが私と翼くんカップルが主役をはるんだって信じてうたがわなかった。
 そう、この時までは……。

「知ってる？　転校生が来るんだって！」
「しかも女の子！　ニューヨークからだってさー」
 人気投票開始の１日前、ことは起こった。
 なんと、うちのクラスに転校生が来るんだとか。
 なんでこんな時期に？って感じだけど、もうさっそく今日から学校に来てるみたい。
 朝からみんなソワソワしていた。
 だって、うちみたいな学校は、中高一貫だし、転校生なんてめったにいない。
 もし編入するとなれば、かなりむずかしいとされる編入試験を受けなきゃいけないし。
 名門私立だから学費もすごく高いし。
 だから、うちに途中から入るというのは、相当な学力、そしてもちろん経済力がないときびしいのだった。
 そんなむずかしい試験を突破して、しかもニューヨークからって、いったい何者なの？
 女の子なんでしょ？　どんなすごい子なのか見てやろう

じゃないの。
　だけどその人物は、私の予想をはるかに超えていた。
「はじめまして、ニューヨークの学校から転校してきました。白百合可憐と申します。みなさんよろしくお願いします」
　すらりと長く伸びた脚。
　モデルのようなスタイル。
　雪のように白い肌。
　そしてどこかの女優みたいな顔をしたその美少女は、白い歯を見せ、にこやかに笑った。
　教室中に悲鳴が響きわたる。
「きゃぁぁ～っ！　すっごい美人！」
「女神だ！　女神が降臨した！」
「こんな美人見たことないわ！」
「ま、まぶしすぎるっっ!!」
　みんな一瞬にして、彼女に目をうばわれてしまった。
　この私が同じ教室にいるっていうのに！
「白百合さんはウチの学校の新プリンセスだ！」
「白雪姫、白百合さんが似合うかも！」
「しかもお母様はあの大女優のカノンさんらしいわよ！　さすがね！」
「女優の卵？　こりゃ劇にでてもらうしかないね！」
　なぜか劇の主役も急に、私より白百合さん、みたいな流れになってるし……。
　もうそれはそれは大騒ぎだった。

しかも、彼女のすごさはその美貌だけではなかった。

　中身まで善人なのだ。

　もちろん、最初だから演じてるだけなのかもしれないけどね。

　誰にでもニコニコ愛想よくふるまい、文句ひとつ言わない。常におだやか。

　そしてもちろん、スポーツも料理もできる。

　１日にして私の居場所は完全に彼女にうばわれ、それまでの存在価値が一気にうすれてしまったかのようだった。

　悔しくて帰り道、翼くんにグチる。

「ひどいっ！　みんなしてあの転校生の話ばっかり！　私のことなんて完全に忘れてるのよ！　つい先日までは『桃果ちゃーん』とか言ってたくせにぃ！」

　キーーッ!!

　私がひとりでプリプリしていると、その様子を見てクスッと笑いながら、翼くんは私の頭をよしよし、となでた。

「まぁまぁ、落ち着けよ。転校生ってのがめずらしいだけだろ。じきに落ち着くって。それに、だからってモモのことをみんなが忘れたわけじゃない」

「忘れてる！　完全に！　私なんか見向きもされないのよっ！　今日だって英語のスピーチがんばったのに、白百合さんに一瞬でかき消されて！　もう嫌〜っ！」

「ははっ、相変わらず負けず嫌いだな〜モモは。英語のスピーチなんかニューヨーク育ちと比べちゃダメだって。だいじょうぶだから。みんなミーハーなだけで、モモのこと

見てるヤツもちゃんといるよ」
「どこによッ!?」
「ここにいるじゃん」
「……へっ？」
　翼くんはそう言うと、私の手を取って、自分の頬に当てる。
　──どきん。
「俺がいる」
　その真っ直ぐな視線に、胸の奥がきゅうっとしめつけられた。
　やだ……。私ったら、またこんなにドキドキしてる。
　翼くんがヘンなこと言うから。
　まったくこの優男は！
　……とかいいながら、結構うれしかったりする私。
「ほ、ほんとに……？　翼くん、約束する？　絶対絶対一生私のことだけ見てるって言いきれるの？」
　あぁ、またこんなウザい質問をしてしまった。
　ほんと素直になれないの、私。
「うん」
「ウソッ！　テキトーなこと言わないの！　翼くん、白百合さんのこと、ちゃんと見たことないでしょ？　見たら惚れちゃうかもしれないわよ！」
「ウソじゃねぇよ」
　そしたらぐいっ、と腕をひきよせられた。
　彼の胸に頭がぶつかる。

そして、私の後頭部(こうとうぶ)にまわされた大きな手のひら。
「俺はモモにしか興味ない」
「……っ」
「だから、安心して」
　その言葉は魔法のように、私の心をしずめた。
　……あぁ、反則だ。
　みんなが彼のこと実写版王子様だって言うけれど、本当に王子様にでもなったつもりなのかしら。
　翼くんはいつも、私がほしい言葉を伝えてくれる。
　だから私はそれを期待して、言ってほしくて、ウザいことばかりわざと口にしてしまうんだ。
　まるで彼を試してるみたいに。
　甘えてるの。
　この人だったらなにを言っても受け入れてくれるんじゃないかって。
　いつの間にそんなふうになったんだろう。
　自分はなにも彼をよろこばせるようなこと、言ってあげられないのに。
　ほんとに私、子どもみたい……。
「言ったわね」
　だから翼くんに寄りかかったまま、彼の背中にそっと手をそえてみた。
「……ウソついたら針千本(はりせんぼん)飲ますわよ」
「うん。マジで飲まされそうだから誓うよ」
「なんですって～！」

「あはは！　ほんとモモおもしれー！」
　翼くんはまたケラケラ笑ってる。
　だけどべつに怒らないんだ。あきれたりもしない。
　私がめちゃくちゃなことばかり言っても、いつも笑ってくれるの。
　こんな人初めて。
　だから、裏切らないでね。
　みんなみたいに手の平を返したように、私のそばからいなくなったりしないで。
　あなただけは……。
　約束どおり、ずっと私だけ見ててね。
　ほかの誰かに目をうばわれたりなんか、しないで。

　そして、とうとうそれはやってきた。
　今日は芸術祭の劇に出演する生徒を決める、人気投票の結果発表の日。
　学校に行くと、朝から掲示板の前に人だかりができていた。
　みんなはりだされた結果を見て大騒ぎしてる。
　私は涼しい顔をしてそこに近づきつつも、内心めちゃくちゃドキドキしていた。
　まさか……まさかね。
　そんなはずないわよね。
　この私がまさか……。
　だけどみんな、私の姿を見るなりハッとして、目をそら

す。
　その瞬間なんとなく嫌な予感がした。
　人の間をすりぬけて、掲示板の前へ。
　——ドキドキ。ドキドキ。
　見るのがこわい。
　だけどもう結果はでてる。
　受験の合格発表よりも緊張しながら、その紙を見上げた。

《1年生 学年選抜演劇 白雪姫》
　投票結果
　●男子
　王子役 黒瀧翼
　狩人役 ...
　小人A役 ...

　○女子
　白雪姫役 白百合可憐
　魔女役 有栖川桃果
　鏡役 ...

「……ひっ!?」
　思わず声がでてしまう。
　な、なによこれ……。
　なんなのよ!!　なんで私が!?
　ふと目があった隣の女子に、気まずそうな顔で声をかけ

られる。
「あ、桃果ちゃん……選抜おめでとう。がんばってね」
「……あはは、どうもありがとう」
　必死でつくり笑いをしてみせた。
　だけど……笑えない。
　笑えないわ。
　やっぱりあの転校生に、白百合可憐に負けた。
　この私が〜！
　そしてなんでよりによって……私が魔女なのよっ!?
　ヒール役ですって!?　ありえない！
　悪役なんて絶対やりたくない!!
　ヒロインになれないなら、小人でもやったほうがマシよ！
　なのになんでっ、あの女が白雪姫なわけ〜!?

　その日の放課後からさっそく、劇の練習が始まった。
　監督(かんとく)をまかされた黒縁眼鏡の相葉(あいば)くんが指揮を取る。
「えー、選抜の皆さん、今日は集まってくれてありがとう。それでは本日より１年生の舞台劇、白雪姫の練習を始めたいと思います。まずは顔合わせもかねて自己紹介を……」
　私はナレーター役の詩織に説得されて嫌々参加したものの、いざ集まってみるとまた白百合さんばかりチヤホヤされていて、すごくイライラした。
「あの……っ、はじめましての方が多いと思いますが、今回白雪姫役をやることになりました、３組の白百合可憐と

申します。わからないことだらけですが、みなさんよろしくお願いします！」
「おぉ〜〜っ！」
　優等生的な彼女の挨拶に、なぜか歓声がわきおこる。
　みんな初めて間近で見る彼女に見とれているみたいだった。
　とくに男子。
　この前まで私のことをチヤホヤしていた男子までもが、みんな彼女の虜。
「……やべー、天使だ！」
「かわいすぎ！」
　デレデレしながら白百合さんに視線を送る。
「ちょっと、桃果、顔が般若になってる」
「……はっ!?」
　詩織にボソッと小声で耳打ちされて、あわてて顔をもとにもどした。
　うぅっ……。なんなのよ、あの女。
　いいとこ取りばっかりして〜！
　そして次はもうひとりの主役、翼くんの挨拶。
「えー、今回王子役をやらせていただくことになりました、黒瀧翼です。演劇は初めてですが、がんばります。よろしくお願いします」
「きゃぁぁ〜っ!!」
　今度は小声で女子たちがキャッキャと騒ぐ。
　翼くんはチラッと私のほうを見たけれど、私は思いきり

目をそらしてしまった。
　だってなんか、この配役で共演なんて……。
　王子と姫ならまだしも、私、王子の敵なのよ。なんなのよ。
　あの女とキスシーンまでやると思ったら、翼くんにまで腹が立ってくるわ。
　わたされた台本に目を通す。
　すると、ちょっとコメディタッチなその台本は、セリフもかなり大げさで、ストーリーも原作を少しいじったオリジナル仕様となっていた。
　──森に迷いこんだ王子の行く手をはばむ魔女。
『ギャハハ！　王子め、なにをしにきた。この先へは通さんぞ』
『むっ、お前はあの有名な森に住む悪い魔女だな！　そこを通せ！　さもないと……！』
　王子は剣をぬいて魔女と戦い、魔女を崖から突き落とす。
　……って、ウソでしょ。
　翼くんに突き落とされるの？私。
　そして王子は白雪姫を見つける。
『……なんて美しいんだ。まるで眠っているかのようだ』
　王子様の甘いキスで姫は目を覚まし……。
『ここはどこ？　私は誰？　まぁ、あなたは……』
『やはり、キミこそ僕が探しもとめていた人だ。姫、僕と結婚してくれ』
『はい、王子様』

そしてふたりは抱きあって、再び甘いキスを交わし……。
「……っ」
　思わず台本をぐしゃっと丸めてしまいそうだった。
　ふざけてる……。ふざけすぎだわ。
　魔女役が哀れすぎじゃないの。
　そしてまわってきた自己紹介。
　私は眉間にシワがよらないようにするだけで精いっぱいで。
「今回、魔女役をやることになりました、有栖川桃果です。……よろしくお願いします」
　──パチパチパチ。
「がんばります」ともなんとも言えなかった。
　やりたくないのに。嫌なのに……。
　みんなにこやかに拍手してくれちゃって、もう！
　隣にいた詩織がポンポン、となぐさめるように頭をなでてくれたけれど、あまりの屈辱に今度は泣けてきそうだった。
　翼くんは隣の白百合さんとさっそく話してるみたい。
　あぁ、なによ。楽しそうに話しちゃって！
　急に私のもっていたすべてを彼女にもっていかれそうになって、苛立ちと焦りでたまらない気持ちになった。

「あら、あなたは誰？」
「僕は隣の国の王子です。キミの名前は？」

「私は白雪姫。この森に継母とふたりで住んでいるの」
　放課後は毎日、劇の稽古。
　クラスの出し物の練習よりこちらを優先させなければいけない私たちは、毎日残ってみっちり練習を行うことになっていた。
「白雪姫……。なんと可憐な名前、キミにピッタリだ。」
「はいカットーー!!」
　そこで監督の相葉くんの合図が入る。
　彼は演出にかなり口をだすタイプで、演技にもなんだかんだと細かい要求をしてくる男だった。
　なんでも相葉くんの父親は映画監督なんだとか。
「そこもっと近寄って！　それで見つめあって、黒瀧は白百合さんの髪にふれる！　最初の胸キュンシーンなんだから、よろしくね！」
　しかも、こんな劇でまで女子たちの胸キュンをねらうとかで、王子と姫の絡みにかなり力を入れている。
　美男美女のふれあいは絵になるからと、いらないスキンシップをこれでもかと入れてくるのだった。
　たしかに、ハタから見てれば絵になるふたり。とてもお似合いだ。
　ムカつくくらいにね……。
　私はさっきからずっとモヤモヤして気分が悪い。
　翼くんが彼女にふれるたび、甘いセリフを吐くたびに……。
　まるで自分のものを取られてイラついているかのよう。

翼くんはあくまで友達で、本当の彼氏じゃないのに。
　一応婚約者だけど、まだ本当に決まったわけじゃないのに。
　それなのに、こんな気持ちになる自分がおかしくて。
　これは単なる白百合さんへの対抗意識からくる嫉妬なのか。翼くんを彼女に取られそうで妬いているのか。
　自分でもよくわからないままで、ただただイライラがつのっていくばかりだった。
　それに翼くんは紳士だから、基本的に誰にでもやさしい。
　もちろん、白百合さんにも。
　ところどころ、白百合さんがセリフを間違えたり、かんだりするところを、彼は嫌な顔ひとつせず「ドンマイ！」なんてやさしくフォローするから、よけいにイライラした。
　対する白百合さんも、翼くんにはデレデレだ。
　ほかの男子の前では普通なのに、翼くんの前だと顔が女になってる。
　それを見ただけですぐに、あぁ、この人翼くんに惚れちゃったんだってわかった。
　詩織も絶対そうだって言ってたし。
　ふたりのシーンを見物してると、モヤモヤがとまらない。
　何度も「桃果、顔がほんとの魔女みたいになってる」なんて、詩織に言われてしまうほどだった。
　そして迎えた白雪姫と王子の出会いのシーンのラストカットのところ。
　ふたりともセリフもスラスラ言えて、今回は順調だった。

いよいよ再び私の出番かしら、なんて気をひきしめる。
　すると白百合さん、そこでまたやらかしてくれた。
　なんと、王子のもとへ駆けよる際に、床に通っていた音響スピーカーのケーブルに足をひっかけるドジっぷり。
　勢いあまって床にたおれる。
「……っきゃっ！」
　だけどそれを、すかさず前方にいた翼くんがかけよって抱きとめた。
「あぶねっ！」
　——ドサッ。
　そしてそのまま彼女は翼くんに抱きつくようにして、ふたり一緒にたおれこむ。
　——ドクン。
　私の胸の奥で嫌な音が鳴った。
「白百合、だいじょうぶか？」
「だ、だいじょうぶ！　ごめんなさい！　ほんとにごめんねっ！」
　……これは、アレだ。
　少女マンガとかだったら絶対にキュン、とか音が鳴るシーン。
　白百合さんは顔を真っ赤にしながら、とても申し訳なさそうに謝っていた。
「ほんとにありがとう。黒瀧くんこそ痛くなかった？」
「いや、俺はぜんぜんだけど。危ないから気をつけろよ、足もと」

「うん、気をつける。黒瀧くんってやさしいね」
　なんだかすごくいいムード……。
　そろそろ次のシーンにいきたいところなのに、まわりをまったく気にせず翼くんに話しかけてばかりで、のんびりしている彼女にいいかげん腹が立ってきた。
　しかも、そんなふたりをみんなニヤニヤしながら見てて、監督の相葉くんまでなにも言わないし。
　なんなのっ！　マジメに練習しなさいよ！
　思わずひと言、モノ申したくなってくる。
　だけど、そこをぐっとこらえて静かに見守る。
　なんのガマン大会かと思った。
　っていうか私、なんでこんなにイライラしてるの……。
「次、魔女と鏡のシーンいきまーす！」
　そして鏡役の女の子とふたり、問いかけのシーン。
　みんなが見守るなか、私の出番がきた。
　正直こんなのやりたくない。
　ぜんぜん華やかさがない役だし。
　でもそれ以上にさっさと終わらせて帰りたかった。
　すぅ……とひと呼吸おく。
　そして、さっきまでのイライラをすべて、演技にこめることにした。
「鏡よ鏡……この世で一番美しいのはだあれ？」
「はいお妃様、それは、白雪姫にございます」
「……っはぁ!?　なんですって!?　アンタこわれてんじゃないの!?」

「いいえ、あなたの義理の娘、白雪姫にございますよ」
　——ドンッ!!
　腹を立てた女王は鏡にパンチ。
　妙に力が入ってしまった。
「ええい！　私より美しい人間などいてたまるものか!!　狩人、狩人！」
「はい、お妃様」
「白雪姫を森へ連れていき、殺しておしまい！」
「えっ!?　あのやさしくて美しい白雪姫をですか？」
「おだまりーっ!!　さっさとやっておしまい！　じゃないとあんたの命もないわよ！」
「ひぃぃ〜〜っ！」
　なんだかどことなく今の自分の立場とかぶっているような気がして、よけいむなしい。
　それにしてもひどい役。暴言だらけだわ……。
　するとそこで相葉監督が、
「カットォーー！　すごい！　すばらしい！　なんて名演技なんだ!!」
　なぜか絶賛し始めて。
　見物していたほかの役の子たちまで大騒ぎ。
「桃果ちゃん！　すごい豹変ぶりだね！」
「本物の魔女みたい！」
「圧倒されちゃったよー！」
　ええ〜っ……。
　ほめられても正直、ぜんぜんうれしくない。

だけど、翼くんもなんだか微笑ましいものでも見るような顔して笑ってる。
　詩織は爆笑してるし。
　……なんなのっ！
　そしてその日はみんなにベタぼめされたまま、練習は無事終了した。

「おつかれー」
「おつかれさまでしたー」
　練習を終えると、もう外はだいぶ暗くなっていた。
　みんないっせいに下駄箱へと向かう。
　私はなんとなく翼くんと一緒に帰りたくなくて、詩織を連れてさっさと先に下駄箱まで来てしまった。
　だって、さっきまた白百合さんにつかまってたし。
　無様な演技見られちゃったし……。
「いやー、それにしても今日は楽しかったわ。桃果の演技最高！」
「ちょっと〜、バカにしないでくれる？」
　詩織はさっきからずっとおもしろがっていて、完全に私のことをネタにしていた。
「でも、さすがの桃果でも白百合さんには嫉妬するんだね」
「はっ!?」
「演技に怒りがこもってたもんね。リアルだったわー。だって白百合さん、翼くんにデレデレだもんね」
「……っ、やっぱり!?　詩織もそう思うでしょ!?　……

はっ！」
　自分が言ったことにビックリして、思わず口をふさぐ。
　そしたら詩織に「言ったわね」とばかりにニヤっとした目で見つめられた。
「やっぱり翼くんと彼女が仲良くしてるのが嫌なんだ？」
「ち、違うわよっ！　私はべつに……っ」
「ほんとかなー？」
　……うぅっ。
　たしかに白百合さんが翼くんにベタベタしてるのはすごく嫌だったんだけど……。そんなこと言えなかった。
　なんで私がヤキモチなんて、妬かなきゃいけないの……。
　すると、その時うしろから楽しそうな声が。
「あははっ。うん、そうそう。あそこのセリフむずかしくて。それに、恥ずかしいよね」
「あー、だよな。俺もすげー恥ずかしい」
「ふふ。でも黒瀧くんも同じ気持ちならよかったぁ〜」
　……えっ？
　聞きおぼえのあるかわいらしい高音(こうおん)ボイス。
　チラッと振り返ってみると、そこにいたのはやっぱり白百合さんだった。
　ウソ、ずっと一緒にいたんだ。
　なによ、仲良さげにしちゃって……。
　だけど翼くんは私の姿を見つけると、
「あっ、モモ」
　すぐにこちらへとかけよってきた。

いつもどおりやさしく笑いかけてくる。
「よかった。もう帰ったかと思った。一緒に帰ろうぜ」
　でもなんだか素直になれない。
　　だって……。
「……帰らない」
「えっ？」
　白百合さんといる彼がとても楽しそうで、すごくお似合いだったから。
「今日はもう練習でつかれたから、羽山をよぶわ。車で帰る」
　あーあ、かわいくない私。
　さそってもらったり、やさしくされたって、こうやってなにひとつ素直に返すことができないの。
　いつだって強がって意地をはってばかり。
　翼くんはそんな私の顔を心配そうにのぞきこんでくる。
「……そっか、わかった。だいじょうぶか？　モモなんか顔色悪いぞ」
　そして私の額にそっと手を当てた。
　　──ドキッ。
　だけど、私はすぐにその手をパッと払って。
「……だっ、だいじょうぶだからっ！　それじゃあまたね！」
「あ、ちょっと、桃果!?」
　そのまま詩織の手を強引にひっぱると、その場から逃げだしてしまった。
　やだ。なんか……なんなのこの気持ち。

胸の奥がジリジリして、痛い。
　翼くんはいつもどおりなのに。やさしいのに。
　ほかの誰かにやさしくしてるのが、嫌。
　それが白百合さんだから、もっと嫌。
　そんなことを思っちゃう自分がまたすごく嫌だった。
　なにこれ、ヤキモチみたいだ。
　翼くんのことなんて、べつに好きじゃないのに……。
　翼くんがほかの子に興味をもったら嫌なの。
　私以外を好きになっちゃ、嫌。
　そんなの自分勝手すぎてあきれてくる。
　おかしいわ私。やっぱり……。
　いつの間にこんなに欲ばりになったんだろう。
　自分のなかに芽生えつつある気持ちに、気がついてしまいそうで。
　でも気づくのがなぜかこわくて、どこかでそれを認めたくなくて、必死で見ないフリをした。

♡眠り姫に口づけを

　もう魔女役なんてやりたくない。
　劇の練習なんてやりたくない。
　いっそのこと熱でもでればいいのに……。
　そんなことを考えながら眠ったら、翌朝本当に熱がでていた。
　なんて都合のいい体なんだろう。
「大変です、お嬢様。38度5分もありますよ」
　世話係の梅子が体温計のデジタル画面を私に見せる。
　私はそれを見て、内心なんだかホッとしてしまった。
「あらまぁ、仕方ないわね。今日は休むわ。学校に連絡よろしくね」
　梅子にそう言いつけると、ゴロンと寝返りを打つ。
　そしてそのまま詩織にメッセージを送った。
【熱だしたから休むね。
　翼くんには言わないで】
　どうしてこんなことを書いたのか。
　もし私が熱をだしたとか知ったらたぶん、翼くんのことだから、心配して見舞いにでも来そうだと思ったから。
　今はあんまり会いたくない。
　こうやって彼から逃げてしまう。
　連日の劇の練習で、心身ともにすり減らした私は、今はただひとりになりたくて、なにも考えたくなかった。

どうしてだろう。

いつからか、すべてが空(から)まわりし始めて……。

白百合さんが転校してきてからというもの、なんだかすべてが狂ってしまった気がする。

それまでは、みんなが私をチヤホヤしてくれて、注目してくれて。

なのに今では誰も私に目を向けてくれない。

そのうえ魔女役がピッタリだなんて言われる始末(しまつ)。

自分は、所詮(しょせん)その程度だったんだって、もとからプライドの高い私は、もうズタボロだった。

べつに、白百合さんがきらいなわけじゃない。

実際に彼女は悪い人じゃないし、いい子だ。

でも、だからこそすごくこわい。

ワガママで高飛車(たかびしゃ)で意地っぱりな私が、彼女に勝てるとは思えなくて。

彼女があらわれて初めて、自分は見た目や学力といったステータスのみで評価されていたんだと思い知った。

私には彼女や翼くんみたいな、謙虚さとか素直さとか、思いやりみたいなのがたぶんない。

自分のことだけを考えて生きてきたから。

でも翼くんに出会って、彼と関わるうちに、私がいかに自分の育ちに甘えてきたのかということがわかった。

彼はそういう自分の恵まれた境遇(きょうぐう)に甘えることなく、努力をしてる人だ。

そしておそらく白百合さんも、そういう人。

だからこそすごくこわかった。
　いつか私は見捨てられてしまうんじゃないかって。
　翼くんはこんな私でも、嫌な顔ひとつせずつきあってくれる。
　好きだって言ってくれる。
　だけど私にはそんなこと言ってもらえるほどの価値があるのかしら。
　ちょっと人より顔がかわいいだけ、頭がいいだけで、口を開けばワガママばかり。
　素直になれないし、あまのじゃくなことばかり言ってしまうし。
　白百合さんに比べたら、相当めんどくさい女だ。
　これでお嬢様じゃなくなったら私、きっと生きていけない。
　自分ならなんでも手に入ると思ってた。
　男の子だって選び放題だと思ってた。
　だけど私は本当の意味で、誰から見ても魅力的な価値のある人間なのかしら。
　わからなくなった。彼女に会って。
　生まれてはじめて自分に自信をなくした。
「うぅ……」
　体の節々が痛い。
　ママが医者をよんでくれて、つかれから風邪をひいたんだろうとのことだったけれど、熱が高くてなかなか寝つけなかった。

梅子が何度も様子を見にきては、氷枕や冷却シートを取り替えてくれたりして。
　そんな彼女のやさしさも今日は、やけに身にしみた。
　いつも思いつきでワガママを言って、振りまわしてあきれさせているのに、こうして弱った私を本気で心配してくれて。
　私はみんなにやさしくないのに、みんなは私にやさしい。
　そう思うとすごく、胸が痛い。
　しばらくすると詩織からメッセージが返ってきて、それを見たら彼女もすごく心配してくれていたようだった。
【だいじょうぶ？　昨日からなんか顔色悪かったもんね！
　ゆっくり休みなよ！　翼くんに桃果はどうしたか聞かれたけど言わなかったよ。いいの？
　劇は今日からラストのシーンやるって。
　魔女は今日あんまり出番ないから休んでも気にするなー】
　……だって。
　くわしく教えてくれて助かったけど、いくつか少し気になった。
　翼くんが私のことを気にかけてくれていたこと。
　そして、今日からとうとうあのキスシーンの練習に入ること。
　あぁ、ある意味休んでよかったのかもしれない。
　その現場を見たら、また気分悪くなってた気がするわ。
　劇の練習ではたから見ていると、悔しいほどあのふたり

がお似合いに見えてくる。
　ふたりとも王子様とお姫様、その言葉がピッタリで、正直文句のつけようがなかった。
　本当なら、私が王子様の隣にいるはずだったのに。
　彼女さえあらわれなければ……。
　そんな気持ちからイライラがつのって、どうしようもなくって。
　だけど本当は心のなかでは、彼女が魅力的だってことを認めていたんだ。
　認めざるをえないからまた、悔しくて泣きそうになる。
　それに、白雪姫の役を取られたことだけじゃない。
　翼くんを取られたみたいで嫌だった。
　これはただの独占欲なのか、それとも……。
　答えは考えなくても、すでにでていた。
「翼くんの、バカ……」
　何度も震えるスマホを放り投げる。
　心配した翼くんから何度か着信とメッセージが来ていた。
　私がメッセージを返さないもんだから、また来る。
　昨日の帰りもあんな態度だったし、気にしてくれてるんだろう。
　私ってこういうところ、本当に子どもみたい。
　かまってほしいのに、突き放して。
　心配してほしいって思ってる。
　自分はなにもしないで、期待ばかりして。

本当は彼を失いたくないのに……。
　だけどやっぱり素直になれないから。
　ヘンなプライドが邪魔をするんだ。
　翼くんはいつの間にか白百合さんとすっかり仲良くなってしまった。
　今日も劇で仲良く共演するんだろう。
　だったらその間、私のことを忘れないように、ずっと心配してたらいい。
　ほかの子とキスするフリなんて、そんなことする翼くんが悪いのよ。
　私は熱でたおれてるのに、今日も白百合さんと楽しそうにしてるのかと思ったら腹が立つから。
　だから、返事なんてしないもん。
　翼くんのバカ。
　私のことだけ考えててよ。
　よそ見なんて、しないでよ……。
　結局スマホは広いベッドのすみに放ったまま。
　既読もつけずに放置してしまった。
　今頃みんな、練習してるかしら？
　ちょっとだけ罪悪感を感じてる。
　逃げちゃってごめんなさい。
　でも今日だけは、ひとりになりたいの。
　明日からちゃんと練習がんばるから。
　投げだしたりなんてしないから。
　根はマジメなのよ、私。

責任感くらいあるの。
ごめんね……。
そんなことをぐるぐる考えてたら、だんだんと眠くなってきて、いつのまにか深い眠りに落ちていた。

「お嬢様、お嬢様」
数時間後。
たっぷりと睡眠をとって少し熱が下がった私は、羽山の声によって起こされた。
「ん……。なに？」
羽山はいつのまにか私の部屋にいて、軽く肩を叩いてくる。
「お体の調子はいかがですか？」
「んー……、まだ眠いのよ。もうちょっと寝かせてよ」
「そうですか。実は今来客がありまして、お嬢様のことをぜひ見舞いたいとのことなのですが」
「えっ？」
……なにそれ、誰かしら？
「もしかして、詩織？」
「いいえ、黒瀧様でございます」
「はっ!?」
う、ウソでしょ。ちょっと待って……。
なんで翼くんが？
私、熱をだしたこと言ってないのに。
ビックリしてあわてて起きあがる。

「ウソでしょ。なんでっ……」
　もしかして、返事しなかったから？
　すると羽山はオホン、と咳払いをして、
「お嬢様は熱があって寝ていると申しておきましたが、それでもいいから見舞いたいと。お部屋にご案内してもよろしいですか？」
　それを聞いて察した。
　あぁ、そうだ。
　羽山は翼くんと私の仲を応援してるんだった。
　部屋に通す気満々だし。
「……っ、む、ムリよっ。今日私ノーメイクだし、パジャマだし。それに今は誰にも会いたくないの。だから帰ってもらって」
　だけど羽山は私がそう言うと、すごく悲しそうな顔で。
「……そうですか。しかし黒瀧様、とても心配されてましたよ。わざわざ雨のなかを歩いてきてくださりました。本当に帰してよろしいんですか？」
「……っ」
　さらに念を押してくる。
　この人はさすが、長年私の世話をしているだけあって、弱いところをわかってる。
　こんなふうに言われたら、ことわりづらい。
　っていうか私って、結局押しに弱くて……。
「わ、わかったわよ！　そのかわり……」
　なんだかんだ受け入れてしまうのだった。

「ずっと寝たフリしてるからねっ！ すぐ帰ってもらってよ。まだ寝てるっていうのよ！」
　そう答えると、羽山は満足したように笑って。
「かしこまりました」
　翼くんを迎えに部屋からでていった。
　……はぁ。
　なんだか流されてしまった感じだけど、仕方ない。
　乱れた髪を軽く整え、再び横になる。
　ごめんね。素直になれなくて……。
　今は会わせる顔がないの。
　とりあえず、ずっと寝たフリしてるわ。
　だけど翼くんがこうして心配して来てくれたことが、内心やっぱりうれしかった。
　——ガチャッ。
　部屋のドアが開く音がして、私はとっさに目をつぶる。
　すると、翼くんらしき足音が、こちらへゆっくりと接近してきた。
　近くまで来るとほんのりと香る、彼の匂い。
　なんだか安心する。
　翼くんはベッドの横にしゃがみこむと、ふぅ、と静かに息を吐いた。
「なんだ、やっぱ寝てるか。残念」
　そう言われて少しドキッとする。
　……だいじょうぶよね。
　寝たフリ、バレてないわよね……なんて。

「これ、差し入れなんだけど、置いとくな。モモの好きなMiyakawaの焼き菓子買ってきた」

翼くんはそう言うと、ベッドの真横のライトが置いてある台のあたりに焼き菓子を置いた。

それを聞いて思う。

わざわざ買ってきてくれたんだ。

ほんと、こういうとこマメだよなぁ……。

私が着信とか全部ムシしても、こうやって家まで来てくれたりするんだから、彼は本当にすごい。

私は白百合さんと彼が仲良く話してるだけでもふてくされちゃうのに、そういうのもないし。

なんだか自分が最近、どんどん弱くなってきているような気がした。

なんとも思っていなかった頃とは違う。

嫉妬とか、焦りとか。

いちいち傷ついたり、悩んだり、私のほうがむしろ彼に振りまわされている。

彼のことで頭がいっぱいになってるの。

翼くんは、そのまましばらく静かに私のそばに座っていた。

まるで見守られているかのよう。

なんだかくすぐったい……。

だんだんと寝たフリをするのもつかれてきて、いつまでこうしてるのかな、なんて思ってしまう。

すると彼はまた口を開いて。

「……モモ」
　そうつぶやくと、ふいに私の手を握った。
　ドキッとして、思わず体が反応してしまいそうになる。
　だけど、たぶん、セーフ……よね？
「昨日、調子悪かったんだな。ごめん。モモ、がんばってたもんな」
　なぜか急に謝られる。
　べつに翼くんのせいじゃないのに。
　翼くんは、さらにもう片方の手で私の額にふれる。
　冷却シートの上からだったけど、その感触にまた表情が崩れそうになった。
「熱、まだありそうだな」
　どうしよう。声がすごく、近いんだけど……。
　そしてそっとその手をはなすと、
「モモがいないとやっぱり、つまんねぇよ」
　スネたような言い方に、胸がきゅうっとなった。
　ウソ……。そんなこと思ってくれてたんだ。
　さっきまでのネガティヴな気持ちが少し溶かされていくかのよう。
　だけど、次の言葉で一気に突き落とされた。
「今日、キスシーンの練習やった」
　——ドッキーン！
　それ、私が一番聞きたくなかった話。
「相葉がうるせーから何回もダメ出しされてさ。何度も同じとこやり直して、すげーつかれた」

そ、そうなんだ……。
　ってことは、キスシーンの練習をいっぱいやったってこと？
　あぁ、想像しただけで胃が痛くなりそう……。
「いっそのことマジでキスしたら？とか言われたけど、そんなのムリに決まってるよな」
　……えぇっ！
　ちょっと、なにそれ。
　あの相葉くんめ。なんてこと言いだすのよ。
　ふざけすぎでしょ、あくまで劇なのに。
　思わず顔がゆがみそうになるのをぐっとこらえる。
「まぁ、相葉が芸術祭で賞取りたい気持ちもわかるけどな。でも、本当にしてるように見えないとダメっつーのは、さすがにきびしいよなー」
　……そりゃそうよ。
　そんなの相当顔を近づけないとムリでしょ。
　っていうかそんなの、やってほしくない！
「俺、モモとだってまだキスしてねーのに」
　えっ……？
　その言葉に一瞬、固まった。
　な、なにを言いだすのかしら。急に……。
　そんなこと言われたら、あの時のことを思い出しちゃう。
　翼くんの部屋で１回、キスされそうになったこと。
　あの時は恥ずかしくて全力で拒否しちゃったんだ。
　でも……本当は嫌じゃなかった。

あれ以来キスなんてしてくる気配もないけど、なんで急にそんな話……。
「正直俺、アレをモモに見られんの、嫌だ」
　はっ？
「だから今日ある意味、モモがいなくてよかった」
　……え？
　それを聞いて不安になる。
　いったいどれだけリアルなキスシーンやったのよ？
　っていうか、さっきから思ってたんだけど、なんで私が寝てるのに翼くんは、ずっとひとりでしゃべってるの？
　そんなのいちいち言わなくてもいいこと……。
「俺だって、心苦しいんだよ」
　えっ？
　翼くんはそう言うと、少し体を起こしたかのように動いて、おそらく私を上から見下ろすような体制になったあと、片方の手で私の頬にふれた。
　——どきん。
　なになに、どうしたの？　急に……。
　ただでさえ熱い頬が、ますます熱をもつ。
　なんかもう、起きてることバレちゃいそう。
　すると、そこでなんと、彼。
「なんて美しいんだ。眠っているかのようだ」
　……は？
　いや、ちょっと待って。
　これってアレよね？

白雪姫の王子様のセリフ……。
「あなたに再び会えることをずっと楽しみにしていました。しかし、まさかこんな姿で再会することになろうとは……。あぁ、神よ。僕に力を与えたまえ。そして僕の口づけで、彼女に再び微笑みを……」
　　え？　え？
　　なに？　演技の練習？
　　急になに言ってるの??
　　だけど　翼くんの意味不明な行動に戸惑いつつも、なにもできない。
　　だって、寝たフリ中なんだもの。
　　ここで目を覚ますのもなんか、ヘンだ。
　　どうしよう……。
　　なんて思ってたら、だんだんと彼が近づいてくるような、そんな気配(けはい)がして。
「……好きだよ」
　　えっ？
　　次の瞬間、唇になにかやわらかいものが、ふれた。
　　……っ!!!？
　　え、ウソ……。
　　ウソでしょ〜!?
　　心臓がドクンと思いきり飛び跳ねて、暴れだす。
　　──ドキドキ。ドキドキ。
　　こんなふいうちってアリかしら。
　　信じられない。

まさか、本当にキスするなんて！
　しかもこれ、私、ファーストキス……。
　翼くんはゆっくり唇をはなすと、小さな声でつぶやく。
「おやすみ、モモ」
　そして私の頭にポン、とやさしく手をのせると、そのまま立ち上がって部屋からでていった。
　——ガチャン。
　ドアが閉まる音と同時に、あわてて飛び起きる私。
　——ガバッ！
「え、え……えぇ〜〜っ!?」
　なんだかずっとガマンしていたものが一気に噴きだしたかのように、大声がでた。
　信じられない。どうしよう……。
　私、本当に翼くんと、キスしちゃった!!
「うわぁぁ〜〜っ！」
　だけど、べつに嫌だとかショックとか、そういう気持ちはなくて。
　ただドキドキして恥ずかしくて、爆発しそうなそんな感じ。
　どうしよう。
　どうしよう。
　キスって……こんな感じなんだ。
　っていうか、なんで？
　なんで私が寝てる時にするの？
　ずるくない？

どうせなら起きてる時に……って、いや、それも恥ずかしくてムリだけど。
　わぁぁ～、なんかもうっ！
　熱で体が熱いのか、キスのせいで熱いのか、もはやよくわからない。
　私はドキドキうるさい心臓をしずめようと、もうぜんぜん眠くもダルくもなかったけれど、再び布団にもぐりこみ、毛布にくるまった。

「おはよー」
「おはよう」
　１日ぶりの学校。
　私は熱もすっかり下がって元気になったものの、朝から頭がボーッとしていた。
　それもこれも全部、翼くんのせいだ。
　翼くんが、あんなことするから……。
「桃果、おはよう！　もうだいじょうぶなの!?」
　席に着くと、さっそく詩織がかけよってくる。
　さすが親友、心配してくれていたみたいだった。
「あーうん、だいじょうぶ。ただの風邪だから。たいしたことないわ」
「そっかー、よかった！　私、てっきり桃果は劇でストレスがたまりすぎて体調崩したのかと」
「……アハハ」
　それもあながち間違いじゃないかもね。

「でも今日はなんか元気そう。顔色いいね」
　そう言われてドキッとしてしまう。
　顔色がいいだなんて。
　べつにそんな機嫌がいいとか、そういうわけじゃないんだけど……。
　でもなぜか不思議なことに、昨日あんなにネガティヴになってたのがウソみたいに、今日はスッキリとした気持ちだった。
　まさか……のせい、なわけないわよね。
　いや、そんなわけがない。
　私ったら頭のなかはそればっかり。
「そういえば、昨日翼くんお見舞いとか来た？」
「えっ？」
　なんでそれを詩織が知ってるんだろう。
「いや、来たけど……。なんで？」
「いやぁ、私はね、桃果に言われたとおりなにも休みの理由は話さなかったんだけど、劇の練習終わったら翼くんが超急いで帰っちゃったからさ。もしかしてお見舞いかな〜なんて思ってね」
「そ、そうだったんだ……」
　なんだかそれを聞くとやっぱりうれしい。
　私のことずっと、心配してくれてたんだ。
　勝手に白百合さんとのこととか考えて卑屈になってたけど、やっぱり考えすぎだったのかしら。
「あ、ほら。ウワサをすれば王子様の登場だよ！」

「えっ？」
「ホンモノの姫を迎えにきたみたいよ～」
　なんて、冗談交じりに言う詩織の言葉にハッとして、教室の外を見てみる。
　するとそこには本当に、今最も顔をあわせづらい彼が立っていた。
　目があうと、にっこり微笑んでこちらへやってくる。
　あ、ヤバい。どうしよう。
　どんな顔して会えば……。
　っていうか、なにを話そう。
　うわ～～っ！
「それじゃあ、邪魔者は消えるね～」
　そして、そそくさとその場からいなくなる詩織と入れ替わるようにして、翼くんが私のもとへ来た。
　ど、どうしよう。
　気まずい。というか、恥ずかしい。
　まっすぐ顔を見れないよ……。
「おはよ、モモ」
　──ドキッ。
　翼くんはいつもどおり笑顔で声をかけてくる。
　だけど私はとっさに下を向いたまま、小さな声で返事した。
「お、おはよう……」
　すると突然額に手を当てられて。
「もうだいじょうぶか？　熱下がった？」

……ひいいっ！
　ふれられただけで心臓が飛び跳ねる。
「だ、だいじょうぶよっ！　もうぜんぜん、元気だし、たいした風邪じゃ……っ」
「そっか、ならよかった。あんまムリすんなよ」
　そして今度はポン、と頭にのる大きな手のひら。
　なんだかまた熱がぶり返したかのように顔が熱くなった。
「……う、うん」
　翼くんはさらに、うつむいたままの私の顔をのぞきこむように話しかけてくる。
「昨日、俺見舞い行ったんだけど、モモ寝てたみたいだったから。差し入れ置いて帰ってきたんだけど、気づいた？」
　なんて、まるでなにもなかったみたいな言い方。
　でも、知らないことにしておかなくちゃダメよね。
　翼くんは寝てたと思ってるんだから。
「き、気づいたわよ。ありがとう。翼くんが来てたことは羽山に聞いたから。わざわざどうも」
　私が答えると、翼くんは一瞬だまって。
「……そっか」
　その間がなんだか気になる。
　それにしても、あんなふいうち反則よね。
　だから私も知らないフリしてるわ。
「連絡、返さなくてごめんね。今日はちゃんと劇の練習もでるし、だいじょうぶだから」

「はは、べつに返事とかは気にしなくてだいじょうぶ。モモが元気そうならよかった。あ、つーかチャイム鳴るな、そろそろ。それじゃまたあとでな」

そしてそんな何気ない会話をして、彼はそのままにこやかにその場を去っていった……のだけれど。

……はっ！

ふと気がついた。

というか私昨日、熱をだしたわけなんだけれども。

普通、風邪をひいて熱がある子にキスするかしら？

そんなことしたら、風邪がうつるわよね。

もうすぐ芸術祭本番だっていうのに。

……翼くん、だいじょうぶなのかな。

だから私はなにを思ったのか、あわてて彼の背中を追いかけて、うしろからつかまえてしまった

「ちょ、ちょっと待って……っ！」

グイッと腕をひっぱると、彼はおどろいたように振り返る。

「わっ、どうした？　モモ」

私はもうその時、風邪がうつってたらどうしようって、そんなことしか頭になくて。

とっさに彼の額にパッと手を当てた。

「っていうか、だいじょうぶ!?　風邪うつったりしてないわよね!?」

「えっ？　うん。なんで？」

「だって昨日、翼くんバカだから……ハッ！」

「え……」
「あっ……」
　し、しまったぁ〜〜っ!!
　言ってしまった……。
「え？　俺がバカだからどうしたの？」
　すると翼くんは、きょとんとした顔で聞いてくる。
「え、あ、いや……。べつに、なんでもないのよ……」
　やだ。私なに言ってるの？
　これじゃ、「実は昨日起きてました」って言ってるようなものじゃない。
　バカ……。
「ほんとに、なんでもないの。それじゃ……」
　だけど私がそう言ってまたもどろうとした時、
　──グイッ。
　急にうしろから首もとをつかまえられて、ぎゅっと抱きしめられた。
「……ちょっ！」
　きゃ〜っ！　なによ急に！
　しかも翼くんはなぜか、クスクスと笑っている。
　なんでっ……。
「モモってやっぱ、ウソつくの下手だな」
　……はっ？
「えっ、なにそれ！」
　それはなに。どういうこと？
　まさか……。

「ほんとわかりやすくてかわいい」
「はあっ!?」
　そしてそのまま彼は私の耳もとに顔を寄せると、ボソッと小さな声でつぶやいた。
「……気づかないフリして、ごめんな」
「えぇっ!!」
　ちょ、ちょっと……！
　まさか……。それはつまり、アレ？
　もしかして昨日、私が本当は起きてるって、気づいてたってこと……??
　だとしたら恥ずかしすぎる!!
「な、なになに!?　なにそれっ！　どういう意味……」
　──キーンコーン。
　するとそこで予鈴のチャイムが鳴った。
　翼くんはサッと私からはなれる。
「お、やべー。そろそろ行かねぇと。じゃあな、モモ」
　そして手をヒラヒラとさせながら、機嫌のよさそうな顔でその場から去っていった。
　私はもう放心状態。
　ウソでしょ……。
　ひどい。ずるい。
　だからあんなふうにペラペラとひとりでしゃべってたんだ。
　私が起きてるって知ってて。
　寝たフリがバレバレだったってこと？

しかもそれであんな、キスまで……。
「……っ、翼くんのバカぁ!!」
　もう〜〜っ！
　やっぱり翼くんはバカだ。
　バカバカ！
　だけど、それでも憎めないくらいに、もう……。
　どうしようもないくらいに私は、心をもっていかれてしまっている。
「うぅ……っ」
　悔しいけれど、いいかげんにもう、認めずにはいられない。この気持ち。
　……翼くんのことが、好き。
　好きなんだって。
　いつの間にか、自分でも気づかないうちに、あなたに惹かれていたの。
　頭のなかがあなたでいっぱいになってた。
　ドキドキうるさい心臓に手を当てながら、昨日のことをまた思い出して、どうしようもなく恥ずかしい気持ちになった。

♡白百合さんの本気と、アクシデント

「わぁっ！ 桃果ちゃん、やっぱスタイルいいね〜！ すっごく似合ってるよ〜！」
「そうかしら」
「魔女のドレス!!」
「…………」

　芸術祭まで残すところあと３日。
　私たち演劇の選抜組は、今日も劇の稽古や衣装(いしょう)合わせやらで大忙しだった。
　今日から実際に衣装を着て練習することになっている。
　手芸部(しゅげいぶ)の部員たちがつくってくれた本格的な衣装にみんな身を包み、すっかり役になりきって楽しそうに談笑(だんしょう)していた。
「ふふふ、なんか邪悪(じゃあく)な感じただよってるわね。でもさすが桃果、キレイよ」
「ひと言余計だからっ！」

　ナレーター役の詩織が、昔のヨーロッパの町娘のような衣装を着てからかってくる。
　白百合さんの登場ですっかり悪役美女のイメージがはりついてしまった私は、ちょっと不服(ふふく)ながらも、そのドレスが意外とよいデザインだったことに安心していた。
　まぁ、これなら悪くないわね。
　みんなも私の妖(あや)しげな美しさに見とれているみたいだ

し。
　だけど、そんな気持ちも一瞬にして砕かれてしまう。
「わっ、見て！　白雪姫！」
　そこにようやく着付けとメイクが終わった白百合さんの白雪姫が登場。
　すると、みんないっせいにそちらに目をうばわれた。
　一気に歓声があがる。
「す、すごい！　超キレイ！」
「ワンダホー！　なんて美しいんだ！」
「写真撮らせて〜！」
　ただでさえもとから美人なのに、胸もとや腰のくびれが強調された華やかなフリフリのドレスを着て、いつもより５割増しにも８割増しにも見える彼女はもはや、舞台女優そのものだった。
　……なによこれ。衣装の手のこみ方からして違うじゃない。
　私なんか真っ黒なのに〜!!
　だけどのんきな白百合さんは私の姿を見ると、なぜか急に話しかけてきた。
「わぁ、有栖川さんの衣装かわいらしくて素敵ね！　小悪魔っぽくて」
　……あの、それはいったいほめてるんだかイヤミなんだか、どっち？
　って言いたくなっちゃうけど、それをグッとこらえて愛想笑いをしておく。

「……あはは、ありがとう。白百合さんの衣装も素敵よ。とっても」
　思わず語尾(ごび)が低い声になってしまう。
　これじゃまるで、本当に姫をきらう意地悪な魔女みたい。
　べつにお世辞を言ってるわけじゃないけれど、相変わらず対抗意識を隠せない自分が嫌になった。
　うぅ、やっぱりなんか、悔しい。
　衣装の差も、扱いの差も……。
　するとその時、向こう側から女子の大歓声が。
「きゃぁぁ～っ!!!!」
「えっ?」
　なにかと思って振り返ると、そこにはちょうど王子の衣装に着替えた翼くんが、ヘアセットなどを終えてでてきたところだった。
　瞬時にして女子たちが群がる。
「すごいっ!　カッコいい～!!」
「本物の王子様みたい!」
「一緒に写真撮って～!」
　なんだかまるで芸能人でも登場したかのよう。
　もとからイケメンで品のある彼は、王子の衣装なんか着るともう、どこから見てもリアル王子様にしか見えなかった。
　本人はちょっと恥ずかしそうだけど。
　隣にいた白百合さんもさっそく見とれている。
「わぁぁ、さすがつーくん。王子様の衣装似合ってるね。

素敵！」
「はは……そうね」
　だけどその瞬間、なにかがひっかかった。
　え……。アレ??
　なんか今、聞きおぼえのない名前が……。
「え、つーくん？　つーくんって、ダレ？」
　思わず問いただす。
　すると白百合さんは、きゃはっとはにかんだような顔で答えた。
「あ、ふふふ。うん、実はね、昨日から黒瀧くんのこと"つーくん"ってよばせてもらうことになったの。翼だから、つーくん。名字だと堅苦しいかなって思って〜」
「……は？」
　ナニソレ。
　聞いてないんですけど……。
「有栖川さん、つーくんと仲いいもんね。うらやましい。私ももっと仲良くなりたいなぁ〜。つーくんってほんとにカッコいいよね。やさしいし」
「え……」
　その言葉を聞いて、なんだかものすごく嫌な気持ちになった。
　というか、違和感。
　……白百合さんって、こんなキャラだったっけ？
　なんかちょっとイメージ変わるんだけど。
　っていうかその前に、「堅苦しい」とか言いながら私に

は名字よびだしね。
　この女……。
「あっ、つーくん！」
　と、思ったらすぐそばから翼くんのもとへかけよった彼女。
　満面の笑みを浮かべながら。
「すごいっ！　衣装すごく似合ってるね！　本物の王子様みたいだよ」
「そうか？　結構恥ずかしいんだけどこれ。白百合こそ、ドレス似合ってるじゃん」
　……なっ！
「えっ？　ほんと？　ありがとう〜！　つーくんにそう言ってもらえるとうれしいなっ。今日も練習がんばろうね！　つーくんの足ひっぱらないように、私がんばるね！」
「あぁ、俺もがんばるわ」
「…………」
　なによ、そのやり取りは……。
　しかも、翼くんもちゃっかり「似合ってる」とか言ってるし！
　いつの間にあなたたちそんな劇以外でもイチャイチャするようになったわけ？
　私がムカッとしながらその様子を遠目で見ていたら、横から詩織がドン、と肘で小突いてきた。
「ちょっと〜、いいの？　アレ。つーくん〜だってさ。白百合さん最近積極的だよね」

そう言われてパッと振り返る。
「や、やっぱり!?　詩織もそう思う?」
「思ってるよ〜。だんだん肉食化してるんじゃないの? アレ。ヤバいね〜とうとう本気だしてきたよ。桃果も気をつけなくちゃ。うかうかしてると取られちゃうかもよ?」
「う……」
　詩織の視線に思わず目をそらす。
　いや、私だってそう思ったけど。
　でも……。
「と、取られるってなによ。べつに、私のものじゃないし……。勝手にすればいいんじゃない」
　やっぱり素直になれない。
　本当は取られたくないって言えないの。
　そしたら詩織はそんな私を見て、大きくため息をついた。
「あーあ、もう。ほんと素直じゃないんだから。そんなんじゃ本当にそのうちあの子に取られちゃうよ」
「……っ」
「いいかげん認めなさいよー。桃果だってほんとはもう好きなんでしょ?　素直にならないといつか後悔するよ。いくら仮の婚約してるとはいえさ〜」
　そう言われてハッとした。
　そっか。たしかに……。
　私と翼くんは、まだ正式にじゃないけれど、パパたちの口約束で仮の婚約をしている。
　最初はすごく嫌だったけど、いつの間にか私も彼に惹か

れてしまっていたんだ。
　だから本当は、彼にちゃんと言わなくちゃいけない。伝えなくちゃいけない。
　仮の婚約に甘えて、意地をはり続けるんじゃなくて。
　私の答えも彼に話さなくちゃ。
　まだ私は翼くんに、自分の気持ちをなにも伝えることができていない。
　このままじゃ、ダメよね。
　ちゃんと好きだって言わないと、本当に白百合さんに取られちゃうかもしれないのに……。

「おつかれ」
　ポン、と私の肩に翼くんの手のひらがのる。
　私はムスッとした顔で彼を見上げた。
「……おつかれさま」
　今日も劇の練習が終わって一緒に帰るところ。
　最近、私は彼にあわせて毎日電車で帰っている。
　あんまり電車通学は好きじゃないのに、わざわざそんな面倒な思いをして帰るのは、少しでも一緒にいたいから。
　……なのに、このありさま。
　やっぱり機嫌が顔にでちゃう。
「どうした？　またご機嫌ナナメじゃん」
　翼くんはそう言いながらクスッと笑う。
　だけど私はどうしても腑に落ちないことがあった。
　ほら、アレだ。

"つーくん"
　白百合さんのあのよび方、あの態度(たいど)がどうしても気になって。
　でも言いだせなかった。
　ヤキモチ妬いてるって思われたら嫌だし……。
　だから結局、
「べつに……。なんでもない」
　なんて答えたけれど、明らかにそうは見えなかったみたい。
　翼くんはプイッと横を向いた私の頬を両手で押さえて、自分のほうへ向かせる。
　そして目をあわせると、
「ウソだ。なんかあんだろ。言ってよ。俺のせい？」
　──ドキッ。
　だけど、『白百合さんとイチャイチャしてるから』なんて言えるわけもなく……。
　とっさにその手を振り払ってしまった。
「なっ、なんでもないっ」
　そして、ブレザーのポケットに手を入れて、スマホを取りだそうとする。
　でも見つからなかった。
　あれ、どうしたんだろう。
　もしかして学校に忘れた？
「あれ？　あ、どうしよう。スマホない……」
「マジで？　さっきまで劇の練習してたから、視聴(し ちょう)覚室(かくしつ)に

忘れたとか」
「そ、そうかも」
「だいじょうぶ？　俺一緒に探すよ」
「ううん、いいよ。だいじょうぶ。なんとなくありそうな場所わかるし。取ってくるね」
　翼くんは一緒に行ってくれるって言ったけど、私はそれをことわってひとりで視聴覚室にもどった。
　我ながらスマホを忘れるとかバカだ。
　でも、なんとなくどこに置いたかはおぼえてる。
　そうだ。衣装に着替えた時にたしか……。
　視聴覚室にはまだ男子が残っていて、数人で雑談している声が聞こえた。
　私はそこへそろっと入っていく。
　気づかれないようにそっとスマホだけ取って帰ろう。翼くん待たせてるし。
　すみっこに落ちていたピンクのスマホを見つけ、手に取るとすぐにドアからでる。
　だけど次の瞬間、ふとこんな会話が聞こえてきて、私は思わず足をとめた。
「なぁ、ぶっちゃけ桃果ちゃんと可憐ちゃん、どっち派？」
　——ドクン。
　ワイワイ話す男子たちの声。
　これは、あれだ。
"可憐ちゃん"というのは白百合さんの下の名前で。
　まさか比べられていたなんて……。

こういうのって、聞かないほうがいいのよね？
　だけどやっぱり気になってしまって、その場から動くことができなかった。
「えー、そりゃダンゼン、白百合さんでしょ。あんなかわいくて性格もいい子見たことねぇわ」
「わかる～。可憐ちゃんヤバいよね。癒しっつーか。ちょっとドジなとことかマジかわいい」
「だよな。よくセリフかんじゃったりコケたりかわいいよな～。桃果ちゃんもかわいいけど、なんつーか、ちょっと近寄りがたいんだよな」
「だよなー。あの子はプライド高そう」
　えっ……。
「そうそう。高飛車な感じがするっつーか。なんかお高くとまってね？」
「わかるわー。ちょっとツンツンしてるしな。いわゆるツンデレってやつ？　かわいいけど、つきあったらぜってーつかれそう。ワガママそうだし」
「あぁ、ワガママそう～！」
「やっぱ女の子は素直で癒し系がいいよな～」
　やだ、なにそれ……。
　なんか私、ボロクソに言われてない？
「つーかさ、ウワサで聞いたんだけど、黒瀧って白百合さんとつきあってんの？」
　……はっ!?
　ウソ。そんなウワサ立ってるの？

「えっ、俺は桃果ちゃんとつきあってるって聞いたけど」
「俺も一。よく学食で一緒のとこ見るし。でも最近は可憐ちゃんといい感じだよな」
「だよなー。なんかあのふたり似合ってるっつーか、絵になるよなー。あ、もしや桃果ちゃんから乗り換えたのか？」
「実は二股(ふたまた)だったりして」
「マジ～!?　やるな黒瀧！　マジメそうな顔して～！」
「ギャハハ！」
「もしや桃果ちゃんの演技があんな鬼気迫(ききせま)ってんのって、そのせいだったりして！　三角関係か!?」
「うわっ、ありえる～！　可憐ちゃんに黒瀧を取られて怒ってんだよ絶対！」
「女の嫉妬ってこえ～！」

　ひ、ひどい……。
　完全におもしろがってるじゃない。
「まぁ、でも白雪姫はやっぱ可憐ちゃんで正解でしょ。桃果ちゃんはあの魔女こそハマリ役だわ。三角関係がいい感じに作用して逆によかったんじゃね？」
「だはは！　賞(しょう)も夢じゃねーかもな～！」
　ちょっと……なによ。
　なにこいつら勝手なことばっか言ってんの。
　ふざけないでよ。
　怒りと悔しさと、むなしさで手が震えた。
　まさか陰でこんなこと言われてたなんて……。
　私があんたたちになにをしたっていうの？

なんか迷惑かけた？
　劇だってやりたくないのに、白百合さんよりずっと一生懸命練習してきたのに。
　どうしてこんなバカにされなくちゃいけないの？
　私がプライドが高いから？
　白百合さんみたいにかわいくふるまえないから？
　悔しい……。あんまりだわ。
　結局みんな白百合さんのような子が好きなんだ。
　いつもニコニコしてて、誰にでも愛想がよくて、謙虚ででしゃばらなくて。
　意地ばかりはってる私と違って、素直だし。
　みんなみんな、もっていかれてしまう。
　彼女に……。
　このままじゃいつか、翼くんまでうばわれてしまうんじゃないかって。
　翼くんだって、白百合さんのような子のほうがいいんじゃないかって。
　こわくなった。
　想像以上に彼女の存在は、脅威だ。
　私はなんだかもう泣きたくなって、逃げるようにその場を走り去った。
　このまま翼くんと一緒にいる自信までなくなってしまいそうだった。
　昇降口にもどると、翼くんが待っていてくれた。
「スマホ見つかった？」

「う、うん……」
　やさしく問いかけてくれる彼を見ると、また泣きたくなってくる。
　顔にだしちゃダメよね。普通にしてなくちゃ……。
　さっきの男子たちの会話を思い出したら胸が押しつぶされそうだったけれど、必死で取りつくろってふだんどおりにふるまった。
　一緒に歩いて駅へと向かう。
「もうだいぶ暗いな」
「そ、そうね」
「寒くない？」
「だいじょうぶ。マフラーしてるし」
　私が答えると、彼はそっと私の手を取り、自分のコートのポケットへ突っこむ。
「えっ……？」
　ドキッとして横を見ると、こちらを向いてやさしく微笑む翼くん。
「でもモモの手、冷たいよ？　こうしていればあったかいだろ」
「……っ」
　その言葉に思わず胸が熱くなった。
　胸の奥からじわじわと気持ちがあふれだしてくる。
　あぁ、どうしよう。ねぇ私、やっぱりどうしようもなく翼くんのことが好きだよ……。
　このまま白百合さんにとられたくない。みんなのように、

彼まではなれていってほしくない。
　行かないでよ。お願いだから……。
　月明かりの下、コートの中で手をつなぎながら、彼のことだけは失いたくないって、強く思った。

　そして迎えた芸術祭当日。
　朝から我が校はたくさんの来客でにぎわい、大盛況の様子だった。
　どこの教室も人でいっぱいだ。
　私たち生徒は、自分のクラス発表と部活などのステージ発表の時以外は自由なので、友達や恋人と約束をして各自が展示やブースをまわっていた。
　私も、まだ劇の出番やクラス発表まで時間がある。
　しばらくはずっとフリーだったので、詩織と一緒にその辺を適当にブラブラしていた。
　詩織が丸めたパンフレットを手に持ちながら聞いてくる。
「……ねぇ、翼くんと一緒にまわらなくて本当によかったの？」
　翼くんとは結局、いっさい約束をしなかった。
　本当はさそいたかったんだけど、なんとなく言いだせないまま今日まできてしまって。
　私はきっとどこかで期待してたんだ。
　翼くんのほうからさそってくれるんじゃないかって。
　でも結局彼から声をかけてくれることはなかった。

「だって……さそってこないんだもん。きっと友達と約束してるんじゃない？　べつにいいのよ。私は詩織とまわるし」
「えー、じゃあ桃果から聞いてみればよかったじゃない。ヘンな意地ばっかはってないでさ～。どうする？　あの白百合さんに先にさそわれちゃってたりしたら」
「……っ」

　それはありえる。
　白百合さん、最近とっても積極的だし。
　でもそれで本当に彼女とまわってたら、私の立場がない。
　仮にも私、一応彼女なのに……。
　というか、本当に彼女なのかな。
　最近もうわからなくなってきた。
　翼くんは私とつきあってて、本当に楽しいのかしら。
"プライド高そう"
"お高くとまってる"
"ワガママそう"
　この前聞いてしまった男子たちの言葉が頭のなかをぐるぐるまわる。
　誤解とか言いがかりならまだしも、自分で思い当たる部分が多々あるので、正直なにも言えなかった。
　結局私はチヤホヤされて、もてはやされているかと思いきや、裏ではみんなからあんなふうに思われていたんだ。
　人気者でもなんでもないじゃない。
　翼くんみたいに誰からもしたわれるような人間じゃな

い。
　白百合さんみたいに陰でもちゃんと評価されてるわけじゃない。
　中身がない、つまらない女。
　そう言われているみたいで。
　今まで自分がいかにカン違いしていたのかということがわかって、なんだか悲しくなった。
　ネガティヴがまた顔をだす。
　翼くんは、いったい私のどこが好きなんだろう。
　私といてつかれないのかしら、とか。
　いつだって自分の機嫌で振りまわして、素直になれなくて。
　ぜんぜんやさしくなれないし。
　白百合さんはあんなに素直に自分の気持ちを態度にだせるのに。
　……ダメだ。
　結局白百合さんと比べてばっかり……。
　するとその時ふと、うしろから聞きおぼえのある声がした。
「あはは、やだぁ、つーくんたら～！」
　えっ。この声は……。
「すげぇ人だな。一般客もたくさん来てるな」
「やだー、緊張するね！」
　振り返って姿を見たとたん、ギョッとする。
　あれ？　なんで？

白百合さんと……翼くん？
　なんでふたりが一緒にいるの!?
「１年生、学年選抜劇『白雪姫』よろしくお願いしま〜す！」
「体育館で午後２時半からやりまーす」
　どうやらふたりは手に看板を下げて一緒に劇の宣伝（せんでん）まわりをしているみたいで。
　みんなに声をかけられながらも楽しそうに歩いていた。
「きゃーっ！　翼くんだぁ！　王子やるんでしょ？　がんばってね〜！」
「白百合さんだー！　かわいい〜！」
「翼くん！　握手してくださいっ！」
　まるで芸能人（げいのうじん）みたいな人気ぶり。
　っていうか、いつの間にふたりで劇の宣伝なんてやってたの？
　私、なにも聞いてない。
「やだ、ちょっと！　桃果あれ見て！」
　詩織もふたりを見つけると大騒ぎ。
　まるで浮気現場でも見つけたかのような顔をしていた。
「なにあれ〜、絶対白百合さんがやろうって言ったんだよ。うわ、すっごいベタベタしてる！　ちょっと桃果いいのー？　……桃果？」
　だけど私は詩織が問いかけるのもムシして、ぼーっとふたりの様子を見ていた。
　白百合さんが笑いかけると、翼くんも笑う。
　なんだかふたりがすごく遠く思えて。

「……楽しそうね」
「えっ?」
「翼くん、私といるより白百合さんと一緒にいるほうが楽しいんじゃない?」

　思わず投げやりな言葉がでてくる。

　なんだかもう、本当にこのまま、翼くんが遠くへいってしまいそうな気がした。

　詩織が眉をひそめる。
「ちょっと、なに言ってんの?　桃果、いつからそんな弱気になったわけ?　負けちゃダメだよ!　翼くんは桃果の婚約者でしょ!」
「だって……っ」

　本当に、そう思えるの。

　素直に気持ちを言えなくて、意地をはってばかりの私よりも、いつだって素直でニコニコしてる彼女のほうが、ずっといいでしょ。

　いいんじゃないの?　誰だって。
「私は、あんなふうにはなれないよ……」

　そうつぶやくと、逃げるようにその場から走りさってしまった。
「ちょっと、桃果!?」

　悔しさとか、嫉妬心とか、いろんなものがごちゃまぜになって、たまらない気持ちになる。

　どうしたらいいのかわからない。

　いつからこんなに弱気になったのかな。

私って、こんなだったっけ？
　なんでもできて自信満々だった。
　だけどそれは、まわりが私をもてはやしてくれていたから。
　それがなくなったとたん、急に不安になって、こわくなった。
　翼くんのことなんて、絶対好きにならないと思ってたのに。
　好きになってしまったら、こんなに弱い……。
　今まで以上に素直になれない。どうふるまっていいのかわからない。
　どんどん空まわりして、遠くなって、見失ってしまいそう。
　どんどん自分が弱くなっていく気がする。
　恋ってこんなにむずかしいんだ。
　ただ好きだって、そのひと言さえも、上手に伝えられないの。
　こんなにも自分が臆病になるなんて、思ってもみなかった。

「鏡よ鏡、世界で一番美しいのはだあれ？」
「はい、それはお妃様にございます」
「ホホホ、やはりそうか。この世に私より美しいものなど、いるわけないわ。オホホホホ！」
　午後からいよいよ私たち１年生の劇、『白雪姫』が始まっ

た。
　開演前に相葉くんがみんなをよび円陣(えんじん)を組んで、「みんなで一生懸命練習してきた劇を絶対に成功させようぜ！」って声をだしあった。
　私はさっきのこともあって落ちこんではいたけれど、今までの練習をムダにはしたくなくて。
　それにやっぱり私にだってプライドはあるから、ここで投げだしたくはなかった。
　だからこれが最後だと思って、必死で魔女を演じた。
　ステージの上に衣装を着た私があらわれると、観客がみんなワァァ、とわいた。
　その瞬間はとても気持ちがよくて。
　もうこの際、悪役になりきってやろうと思った。
　自分のイメージなんてもう、どうでもいいわ。
　私にできる精いっぱいをやろうって。
　そう思って演じたら、とても気持ちがよかった。
　すんなりと役に入っていける。
　白百合さんは、悔しいけれど、やっぱりとても美しかった。
　彼女が登場した瞬間、体育館中に大歓声が起こって、まさに選ばれたヒロインって感じ。
　笑顔も仕草もヒロインそのもの。
　心配していたセリフのミスもなく、彼女にしてはかなりがんばっていたと思う。
　翼くん演じる王子も完璧だった。

息がピッタリのふたりを、舞台袖からそっと見守る。
時々胸がぎゅっと痛くなるけれど、逃げだしたい気持ちをグッとこらえた。
「……そして悪い魔女をたおした王子は無事森の奥へと進み、すると、7人の小人が彼を迎えてくれました」
ナレーターの詩織の語りとともに、劇はいよいよクライマックスへ。
魔女の私は出番も終わり、ほっとひと息。
だけどある意味、ここからが一番ドキドキだった。
なによりも見たくないシーン……。
王子様役の翼くんが歩いてくる。
そして棺(ひつぎ)を模(も)したケースの中に白雪姫が眠っていて、それを小人たちが取り囲んでいた。
シクシクと泣く小人たち。
「おぉ、白雪姫……」
「かわいそうに……」
「あれ？ あなたは隣の国の王子様」
「これはいったい、どうされたのですか？」
「白雪姫が、死んでしまったのです。悪い魔女に毒リンゴを食べさせられて」
「な、なんてことだ！」
「王子様、どうか白雪姫を……救ってあげられないでしょうか」
歩み寄る王子。
そして彼はそっとケースの横にしゃがみこんで、中に眠

る白雪姫の頬にふれた。
「……なんて美しいんだ。眠っているかのようだ」
　何度も聞いた、このセリフ。
　あたりがしん、としずまりかえる。
　みんなが翼くんの演技をじっと見守っていた。
「あなたに再び会えることをずっと楽しみにしていました。しかしまさかこんな姿で再会することになろうとは……。あぁ、神よ。僕に力を与えたまえ！　そして僕の口づけで、彼女に再び微笑みを……」
　翼くんは棺の中をのぞきこむようにして、そっと顔を近づける。
　その中には白百合さんがじっと目をつぶって横たわっている。
　ケースの中の様子はふたりにしかわからない。
　でも見ている人にはこれが、本当にキスしているように見えるのだ。
　何度も相葉くんが指導した、キスシーン。
　ふれるかふれないかくらいの距離でとめる。
　私はグッと手を握りしめた。
　しかしその時……。
　──ヘックション!!
　まさかの大事な瞬間に、大きなクシャミの音が響いた。
　小人のひとりが本当にクシャミをしたのだ。
　そう。彼はスニージーという役名のいわゆる"クシャミ"役の小人で、実際にアレルギー性鼻炎(びえん)らしいけれど。

それがまさか、本番のこのタイミングで……。
　しかも彼の座っていた位置は、翼くんの真うしろ。
　クシャミした勢いで、翼くん演じる王子に思いきり頭突きしてしまい、押された王子はいつも以上にケースに顔が入りこんでしまった。
　それはもう、一瞬の出来事。
　みんながいっせいに息を飲む。
　そして……。
「うわぁぁぁ～～～っ!!!!　マジでキスしたーーー!!!!」
　次の瞬間ありえないほどの大歓声があがった。
　私は一瞬思考が停止する。
　ウソ……。ウソでしょ？
　ほんとにしたの……??
　嫌だ。そんなの……。
　もう体育館中大騒ぎだ。
「ガチキスきたーー!!」
「小人、ナイスアシストーー!!」
「まさかの事故チュー!　スゲェもん見たぞ!」
　私たち舞台袖の俳優陣も顔を見あわせる。
　それは"本当に事故チューが起こった"と、みんなの目にもそう見えたからで。
「ウソ……。マジ？」
「ほんとにしたよな？　今」
「いやー、今のは当たっちゃったでしょ。だいじょうぶかな？　続き……」

「よしッ！」
　相葉くんはなぜだかガッツポーズしてるし。
　まるで最初からねらっていたかのようだった。
　あまりの騒ぎに一瞬ステージ上にも沈黙（ちんもく）が。
　だけど、ちゃんと演技は続行された。
「ここはどこ？　私は誰？　まぁ、あなたは……」
　目を覚ました白百合さんの表情は心なしか、いつもよりうれしそうに見える。
　翼くんも戸惑う様子を見せず、いつもどおり演技を続ける。
　それを見ていたらなんだか、だんだん視界がにじんできた。
　どうして、そんな平気な顔をしていられるの？
　どうしてみんなよろこんでるの？
　まるでふたりを本当にみんなが祝福しているかのようで、悔しくて泣きたくなった。
　今日で最後だと思って、演技も必死でがんばった。
　なのに、クライマックスにしてこんな仕打ち。
　神様はどこまで私に意地悪なんだろう。
　いくら事故でも、演技の延長（えんちょう）でも、本当にキスしちゃうなんて……。
　そんなのあんまりだ。
　私はどれだけ傷ついたらいいの。
　どうしてこんなもの、見せつけられなくちゃいけないの。
「……っ」

思わずまだ幕も閉じていないのに、舞台袖から逃げだしてしまった。
　階段を降りて、真っ暗な体育館の人混みをかきわけて。
　それからこっそり外にでた。
　魔女の衣装のまま、走って走って。
　気がついたら屋上(おくじょう)まで来ていた。
　ここなら誰もいない。
　つらくて悲しくて、消えてしまいたかった。
　……私の気持ちなんてきっと、誰にもわからない。
　あまりにも酷(こく)な現実を受け入れられなくて、私はしばらくその場で声を殺して泣いた。

【side 翼】

　……ありえないことが起こった。
　それは劇の本番中。
　まさかの俺のうしろにいた小人役がクシャミをして、俺にぶつかるというアクシデント。
　ステージはセットがたてこんでいるため、あまり空間がないから、棺のうしろに俺、そして小人、と距離があまりない。
　だからそいつの頭突きを俺はまともにくらってしまっ

た。
　まったくの予想外だ。
　相葉の指導で何度も練習させられたキスシーン。
　２、３センチメートルはなれたギリギリくらいまで、俺は白百合に顔を近づけなければいけない。
　当然恥ずかしいし、むずかしい。
　本当にしているように見せる、というのが課題だった。
　俺が頭突きされた瞬間、観客はありえないほど大騒ぎしはじめた。
「マジでキスした～～～～っ！！！！」
　"してるフリ"が大前提の劇だが、本当にしてるように見えたら大成功だ。
　そういう意味ではこれは大成功だったんだろう。
「事故チュー」なんてみんなが騒いでいる。
　だけど……実際はあと１センチくらいのスレスレのところでふれていなかった。
　だから、ギリギリセーフだ。
　鼻がぶつかったものの、キスはしてない。
　どうやら、みんなにとんでもない誤解をされたらしい。
　が、当たらなくて俺自身もホッとしていた。
　だけど、ホッとしてる場合じゃない。続きだ。
　一瞬あまりにも大騒ぎになったので、どうなることかと思ったが、続きもみんなミスなく無事に最後まで演じきることができて、劇は大成功で幕を閉じた。
「すごーい！　大成功だよ！」

「ビックリしたよー、あのキス!!　でも盛りあがったし、最高だったね!」

　幕が閉まるとみんな抱きあって涙ながらによろこびをわかちあう。

　そんななか、俺はすぐにモモの姿を探した。

　真っ先にちゃんと話そうと思ってた。

　ほかのヤツらへの説明はあとにして、モモにだけは誤解されたらこまる。

　でも、モモのことだから、「してない」なんて言っても絶対すぐには信じてくれないだろうし、しばらくずっと怒ってるんだろうなと思った。

　モモはすごく、わかりやすい。

　意地っぱりで素直に気持ちを口にはださないけれど、全部顔にでる。

　そういうところがいじらしくてかわいいなといつも思ってた。

　ああ見えて、すごく不器用なんだ。

　今回の劇だって、本当は魔女役が嫌でたまらなかったくせに、一生懸命にがんばってた。

　白雪姫に選ばれた白百合のことが気に入らないみたいだったけど、文句を言いながらもマジメに最後までやりきった。

　モモの迫真(はくしん)の演技には俺も感動したくらいだ。

　そんな熱演してた彼女に、劇の最後でまさかのとんでもない誤解を与えてしまって、俺は正直気が気じゃなくて、

とにかく早く本当のことを話したかった。
　なのになぜか、探してもどこにもいない。
「藤原、モモは？」
　モモと仲のいい藤原に聞いてみるけれど、彼女も焦ったように首を横に振った。
「それがいないのよ！　どうしよう！　このあともう、すぐに授賞式(じゅしょうしき)が始まるのに……」
　俺たち１年生はたまたま、今回くじ引きで劇の順番が最後だったため、トリを務めるカタチとなっていた。
　だからこのあとすぐに審査員が賞を発表する授賞式があり、そのあと、閉会セレモニーがある。
　もし賞を取ったら出演者は壇上にのぼらなくてはならないため、授賞式までには全員体育館に集合していなければいけなかった。
　だからモモも本当はまだここで待機(たいき)していなければいけない。
　俺たちトリは衣装から制服に着替える時間もない。
　だけどなんだか嫌な予感がした。
　なんでだ？　いない。
　どこに行ったんだ？
　まさか……。
　スマホをポケットから取りだしてかけてみる。
　だけど、電話にもでない。
　念のためメッセージも送ったけれど、今スマホを持っているかどうかもアヤしかった。

「おーい、みんな！　式が始まるぞ〜！　各自クラスの場所にもどれ！」

　監督の相葉がみんなに声をかける。

　すぐに授賞式は始まる。

　だから俺も仕方なく自分のクラスの場所に一度もどった。

「えー、ではこれから今年度の白薔薇芸術祭表彰式を始めます」

　司会の生徒がしゃべりだすと一気に会場が静まり返った。

　各賞の発表が次々と行われる。

　賞を取ると名誉なだけでなく、ハワイ旅行やディナークルーズの招待券などの豪華な景品がもらえるので、みんな結果を聞くたび大騒ぎして盛りあがっていた。

「次は、学年選抜劇の表彰です」

　そして次は俺たちの出演した劇の表彰。

　俺は賞にはまったく期待してはいなかったが、一応静かに発表を聞いていた。

　まだモモからの返事はない。

　もしかしたらもうもどってきているかもしれないが、姿は確認していない。

　そんなことを考えていたら、ふと聞こえてきた言葉。

「最優秀賞はなんとっ……１年生による『白雪姫』でーす!!　出演者の方は全員壇上におあがりくださいっ!!」

「ワァァァーッ!!!!」
　……えっ？
　一瞬耳をうたがった。
　ウソだろ。最優秀賞？
　演技賞とか個人の賞ならまだしも、一番メインの大きな賞を団体で取れるなんて。
　マジかよ……。
　信じられないと思いながらも壇上にあがる。
　ふと、いまだに王子の格好をしていることに気がついて、いまさら恥ずかしくなった。
　出演者、スタッフのみんなもおどろいた顔でぞろぞろ登壇してくる。
　監督の相葉は号泣している。
　だけど、そこにやはりモモの姿はなかった。
　……いない。
　体育館からでていったのか？　魔女の格好のままで？
　モモは、どこでなにしてんだ？
　どんどん不安がふくらんでいく。
　すると、さっそく司会が関係者へのインタビューを始めた。
「おめでとうございます！　1年生で受賞は久しぶりですよ！　さて審査委員長の茂木校長先生、賞の決め手は？」
「えー、みなさん演技も演出も衣装もとてもすばらしかった。とくに配役が最高でしたね！　それぞれがイメージにピッタリで、まるで映画を見ているみたいでしたよ。あ、

それとねぇ、魔女。あの魔女役を務めた生徒の演技がなによりもすばらしかったです。もちろん王子と姫もよかったけど、決め手はあの魔女役です」
　白ひげの校長がにこやかに解説する。
　だが、肝心(かんじん)のモモがそこにいなかった。
「はい、魔女を演じた有栖川さんは演技賞も受賞しています。えぇーと、お話を聞いてみましょうか。有栖川桃果さーん！」
　──シーン……。
「あれ？　有栖川さん？　いませんねぇ……。おかしいなぁ」
　ざわつく生徒たち。
　壇上はもちろん、ステージから見下ろしても、どこにもモモの姿は見当たらない。
　あの格好でいたら誰かが気づくはずだ。
　それでも見つからないということは、おそらく体育館からでていったということだ。
　俺の嫌な予感が的中する。
「有栖川さーん！　あれ、どこにもいませんかー？」
　司会がもう一度よびかけるものの、反応はない。
　やっぱり。本当にいないのかよ。
　もしかして、さっきの……。
　そう思った瞬間、俺は無意識に舞台から飛び降りていた。
　──ダンッ！
「きゃあぁぁ〜っ!!　王子がっっ!!」

とたんに女子たちの悲鳴があがる。
「なになに……。どうしたんだ？」
「なんだアイツ……」
　当然、全校生徒が大騒ぎだ。
「おおおっ！　急に王子が飛び降りたー！　どうしたんでしょうか!?」
　司会者も実況中継のように大声でアナウンスしはじめ、そこにいたみんなの注目が一気に自分に集まるのがわかった。
　だけどもう、そんなことはどうでもいい。賞だっていらない。
　それよりも、モモを探しにいかないと……。
　俺はそのまま走って体育館を飛びだした。

♡プリンセスはキミだけ

【side 桃果】

　——ピーンポーン。
『今から体育館で、芸術祭の授賞式が行われます。全校生徒のみなさんは、体育館へお集まりください』
　校内放送でアナウンスが流れる。
　11月の屋上はとても寒い。
　私は白い息を吐きながら、黒いドレスに身を包み、フェンスにもたれかかっていた。
　なんかもう、いろんなことがどうでもいい。
　授賞式なんてでたくないし、みんなのところにもどりたくもない。
　だから、しばらくここに隠れていようと思った。
　教室にいたらきっと、見まわりの先生が体育館へ行けって誘導するに違いないし。
　屋上ならきっと誰も来ない。
　このまま羽山に電話して、ヘリでもよんで連れて帰ってもらいたいくらいよ。
　とにかく今は誰にも会いたくなかった。
　あんなことがあって、これから翼くんにどんな顔して会えばいいっていうの。
　事故とはいえ、白百合さんとキスした彼と、今までどお

り接することなんて、できるわけがない。
　今頃きっとみんな騒いでる。あのふたりは本当にキスしたって。
　彼らの仲はこのまま有名になって、公認のカップルみたいにみんなからもてはやされて……。
　嫌だ。考えただけで苦しい。
　どうしたらいいの。
　もうおしまいなの？　なにもかも……。
　今さらのようにまた気がついた、翼くんが大好きだっていう自分の気持ちも、結局なにも伝えられていないのに。
　ねぇ、私はどうしたらいいの……？
「……っ」
　声にならない声とともに、涙がどんどんあふれてきて、とまらなくなる。
　なんだかもうすべてがおしまいみたいな気分になって、フェンスに顔を押しつけてわんわん泣いた。
「翼くんの……っ、バカ。バカぁ〜っ！」
　誰かウソだと言ってよ。
　これは悪い夢だと言って。
　きっとなにかの間違いだって、言ってほしいのに……。
「うぅ……っ」
　誰もいない屋上に、私の泣き声だけが響きわたる。
　世界からぽつんとひとりだけ取り残されたような気持ちになった。
　だけど、その時……。

——バァン!!
　突然、屋上のドアが開く音がして。
　足音がどんどんこちらへと近づいてくる。
　私はおどろいてうしろを振り返った。
　……えっ、誰?
　ヤバい。先生かな……。
　だけど、その姿を目で確認した瞬間、私は心臓がとまりそうになった。
「……っ!?」
　う、ウソでしょ。
「……はぁっ、はぁ。よかった……。モモ、やっと見つけた」
　息を切らしながらあらわれたのは、今一番会いたくない人だったから。
　ねぇ、どうして……。
　どうして翼くんがここにいるの?
　思わず泣いている顔を隠すように、バッと背を向ける。
「や……嫌っ!　来ないでっ!!」
　だけど翼くんはそんなの聞かずに私のそばまで駆け寄ってきた。
　どうしよう。なんだか私の心がついていかないよ。
　会いたくないのに……。
　来てくれてうれしいような、でももう顔も見たくないような、そんなどうしようもない気持ちで。
「こんなカッコでこんなとこいたら風邪ひくだろ」
　翼くんは私の腕をつかまえる。

だけど私はとっさにそれを振り払った。
「さ、触らないでっ!!」
　一気に感情が爆発しそうになる。
　さっきの出来事を思い出して。
　今、翼くんにふれられるのは、やっぱり許せない。
　だって……。
「白百合さんとキスしたくせにっ!!」
「……えっ」
　言ってしまった……。
　もう隠せない。
　涙も。悔しさも怒りも嫉妬も、全部。
「翼くんなんて、もうっ……」
　だけどそう言って彼を押しのけようとした時、私は彼に手首を強くつかまれてしまい、振りほどこうとしてもその力にはかなわなかった。
「……っ、はなして！」
「いや、モモ、聞け。違うから」
「なにが違うのっ!?」
「してないよ。あれは……」
「えっ？」
　してない……？
　今、"してない"って言った？
「ウソ！　だってさっき、小人役の野田(のだ)くんがクシャミして、思いきりぶつかって……。みんなも見てたじゃないっ！あれのどこが……っ」

「みんなにはそう見えたかもしんないけど、してないから。マジで」
「う、ウソよ……っ」
「本当だよ」
　翼くんは真剣な表情で私をじっと見つめる。
　その目はたしかに、ウソをついているようには見えなかった。
　だけど……。
「……っ、でも、そんなのなんとでも言えるじゃない！ 本当はしてたって、あれじゃわからないわよ!!」
　そんなの信じられる？　あれを見て。
　だってあれは本当にキスしたって、みんな言ってた。
　すると翼くんは、こまったように眉をひそめ、少しだまりこんで。
「……もしかして、だから泣いてんの？」
　──ドキッ。
「俺が白百合とキスしたと思ったから？」
「……っ」
「それが原因？」
　そう問いかけると、私の顔をのぞきこむように見つめながら、そっと頬にふれた。
　図星を突かれた私は、恥ずかしくて顔が真っ赤になる。
　もうヤキモチ妬いてたことも、全部バレバレだ。
「そ、そうよっ！　悪い!?」
　逃げ場を失って、白状するしかなくて、まるで逆ギレの

ように言い放つ。
「だ、だって……翼くんがっ……」
　言いたいことはたくさんあるのに、だんだんと声が震えてきて、いつのまにか涙がどんどんあふれてきて、とまらなくなる。
「白百合さんとばっかり、仲良くしてるからっ……」
「え？」
　全部全部、あふれてくる。
　今まで言えなかったこと、全部。
　もうこの際、全部言ってしまおう。
「白百合さんに……取られちゃうと思ったんだもんっ」
　これが、私の本音。
「私のっ……なのに。翼くんは私の彼氏なのにっ！」
「……モモ？」
　翼くんはおどろいたように目を見開いている。
　私はもう、今なら素直になんでも言える気がして。
　嗚咽で肩を震わせながら、涙でぐちゃぐちゃの顔を彼の胸にぎゅっと押しつけた。
　やっぱり、失いたくない。
　はなれたくないから……。
　翼くんじゃなきゃ、ダメなの。
「いかないで……」
　お願い。
　私以外、見ないでよ。
「約束、したでしょ……。私だけ見てるって。私のことだ

け考えててよ。よそ見なんてしないでよ……」
　ワガママでもいい。伝えなくちゃ。
　私の正直な気持ち。
　今度こそ……。
「好き」
　そう言いながら、まっすぐに彼を見上げる。
「……翼くんが、好きなの。だから、白百合さんのところなんか、いかないで……っ」
　やっと、言えた。
　涙まじりの声は震えていたけれど。
　初めて自分の気持ちを素直に伝えられた。
　好きっていう気持ちを言葉にするのってこんなにも、勇気がいるんだ。
　だけどすごく、すがすがしい……。
　翼くんは目を丸くして固まってる。
　その無言の間に少しだけ不安になる。
　──ドキドキ。ドキドキ。
　だけど次の瞬間に腕を引き寄せられ、力いっぱいぎゅっと抱きしめられた。
「……当たり前だろ。いかないよ。どこにも」
「えっ……」
「俺のプリンセスは、モモだけだよ。最初から」
　その言葉に、胸がいっぱいになって。
　また涙があふれてきそうになる。
　翼くんはそれからクスッと笑うと、ゆっくり腕をはなし

て、やさしい顔で私を見下ろした。
「……やっと聞けた。モモの気持ち。すげぇうれしい」
　その表情はやっぱりいつもの翼くんで、ホッとする。
「俺、白百合のことはなんとも思ってないよ。キスだってしてないし」
「……ほ、ほんとに？」
「うん。まぁ……ぶっちゃけあれは、ギリギリだったけどな。ていうか、そんなに仲良くしてるように見えた？」
　ギリギリセーフ、だったんだ……。
「み、見えたわよ。だって、今日も一緒にふたりで劇の宣伝してたし、いつの間にか"つーくん"とかよばれてるし、ドレス姿をほめたりしてたし……」
　なんて口にしながら、自分の嫉妬深さにまた恥ずかしくなる。
「嫌だったの？」
「……うん」
「そっか、ごめんな。宣伝は相葉にたのまれたんだよ。それに、ドレスほめたりとかは社交辞令だろ」
　えっ……？
　社交辞令なの？　あれ。
　そんなふうには見えなかったけど。
「でも……嫌だ。お世辞でもほかの女の子、ほめたら嫌よ。翼くんはみんなにやさしいから、不安なんだもん」
　私がそう文句をつけると、翼くんはまたクスクス笑う。
「ふっ。ワガママだなぁ、モモは」

そう言ってまたぎゅっと抱きしめてきた。
「でも、モモがどんなにワガママでも、意地っぱりでも、俺はモモが好きだよ」
——どきん。
「そういうとこも、全部好き。かわいい」
「翼くん……」
　そしていつものように、私がほしかった言葉をくれる。
　うれしくてまた、涙がにじんできて。
　幸せな気持ちでいっぱいになる。
「ふれたいと思うのも、モモだけだから」
　翼くんはそう言うと、泣き顔の私の頬にそっとふれ、そのままやさしく唇を重ねてきた。
　初めてちゃんと向かいあってした、やさしいキス。
「……安心した？」
　唇がはなれたとたん、いたずらに問いかけられて。
　だけどもう強がったり、恥ずかしがったりしない。
「うん」
　素直にうなずいて、泣きながら両手で抱きついた。
「……好きっ。大好き」
　今なら何度だって言える気がする。
　だって、こんなにも愛しくてたまらない。
　翼くんが大好きで、翼くんも私を好きでいてくれて。
　やっとたしかめあえた両思い。
　こんな幸せ、きっとほかにない。
　翼くんはぎゅっと私を抱きしめ返すと、耳もとでボソッ

とつぶやいた。
「やっとつかまえた」
　それを聞いて思う。
　翼くんもずっと待っていてくれたんだ。私が素直になるのを。
　遠まわりして、ごめんね。
　だけどもうこの幸せを、手ばなしたくない。
　今度こそ絶対にはなさないから。
「俺も大好きだよ。ずっと大事にする」
　その言葉をかみしめるように、もう一度ぎゅっと腕に力をこめた。
　あなたの本当のヒロインは、私だけ。
　これからも、ずっと……。

♡ないしょのプレゼント

　――それから約1カ月後。
「ねぇねぇ、クリスマス・イヴどうするー?」
「プレゼント、なににしたー?」
　2学期の終業式を3日後にひかえた寒い寒い冬の日。
　あたりはすっかりクリスマスモードで、学校もクリスマスの話題でもちきりだった。
「なーに浮かない顔してんの?」
　詩織が私の机までやってくる。
「ううん、べつに……」
「とか言ってあれでしょ。どうせまた翼くんのことでしょ?相変わらずなんだ?」
「……う、うぅ。だって……」
　翼くんとはあの芸術祭以来、ちゃんと両思いになって、正式につきあうことになって。
　それからはとっても順調だった。
　もとからやさしかったけど、私が気持ちを伝えてからは、もっとやさしくなって。
　毎日朝も迎えにきてくれたり、手をつないで一緒に帰ったり、電話やメッセージもマメにくれて。
　両思いって本当に幸せなんだって思った。
　あれだけ心配だった白百合さんとのことも、あのキス事件で一気にウワサになったにも関わらず、その直後、白百

合さんが翼くんに告白してアッサリふられたもんだから、今は話題にもならなくなった。
　私と翼くんは今や学校の公認カップルみたいになっていて、婚約してるってウワサまで広まってしまったの。
　だから翼くんをねらうライバルもいなくなって、すごく平和……なはずなのに。
「今日も一緒に帰れないんだって〜！」
　半泣き状態で詩織に訴える。
　実は、ここ最近翼くんの様子がおかしいのだ。
　毎日、放課後になるとひとりでさっさと先に帰ってしまう。
　用事があるとか、お父さんの仕事の手伝いがあるとか、そんなのばかりで。
　ほとんど一緒に帰れていない。
　どうしてなんだろう。
　本人に聞いてもハッキリとは教えてくれないし、なんか隠してるみたいな感じだし……。
　すごく不安。
　せっかく両思いになれて、幸せいっぱいだったのに。
　いったいなにがあったのかしら……。
「まぁまぁ、年末っていうのはどこの業界も大忙しだからね。ほら、桃果のパパもなかなか帰ってこないでしょ？　そういうもんよ。翼くんはあのＡＢＣグループの御曹司で、次期社長なの。だからなにかとやることがあるんじゃないの？」

「でも～っ、まだ高校生だよ？」
「高校生でも彼は特別よ。べつに桃果に対する態度が変わったとか、そういうわけじゃないんでしょ？」
「うん。そうだけど……」
　たしかに態度はいつもどおりだ。
　やさしいし、大事にしてくれてるし、でもあえて言うならちょっとつかれてるかも。
　ほんとに仕事手伝ってるの？
　だったらそう言ってくれたっていいのに。
　おかげで放課後デートもほとんどできずじまい。
「それにほら、もうすぐクリスマス・イヴじゃない。その日はデートするんでしょ？」
「うん。そうよ」
「24日はゆっくりできるじゃん」
　……まぁね。
　もちろんイヴの日はちゃんと予定を押さえてある。
　初めて丸一日一緒に過ごす日。
　プレゼントだってちゃんと用意した。
「あんまり疑心暗鬼になってもしょうがないよー。ポジティヴポジティヴ！　桃果は愛されてるんだから、心配すんな！」
　詩織はやけに楽天的なことばっかり言うけど、ねぇ……。
　まぁ、イヴまでの辛抱かしら。
　冬休みになれば、少しは時間もできるかな。

そしたらもっとたくさん一緒に過ごせるかな？
　べつに放課後以外はいつもどおりだし。
　ただの気にしすぎ？
　なんだか腑に落ちない気もするけれど……。
　とりあえず今はイヴのデートを楽しみに、やり過ごすことにした。

　そして迎えたクリスマス・イヴ当日。
「さむ〜い！」
　凍えるように寒い冬空の下、私は隣町の駅で翼くんと待ち合わせをしていた。
　羽山の運転する車を降りたとたん、あまりの寒さに声をあげる。
「お嬢様、だいじょうぶですか？」
　羽山は心配そうにしてたけど、私は寒さでへこたれてる場合じゃなかった。
　だって今日は待ちに待ったクリスマスデート。
　新しく買ったばかりの白いニットのワンピースに、袖にファーのついたお気に入りのピンクベージュのコートを羽織って、服装も気合たっぷり。
　メイクだって時間をかけて念入りにしてきたし、早く翼くんに見せたくてたまらなかった。
　かわいいって言ってもらえるかな。
「べつに平気よ、このくらい。いってきまーす！」
　とにかく待ちきれなかったので、羽山に元気よくそう告

げるとブーツのまま走りだした。
　待ち合わせ場所の時計台の前に着くと、もうすでに翼くんが待っていてくれた。
　その姿を確認してホッとする。
「お待たせ。ごめんね、待った？」
　なんでもないような顔をして声をかけるけれど、心のなかではうれしくて仕方がない。
「あ、モモ。ううん、俺もさっき来たとこ」
　翼くんも、私の姿を見るとうれしそうに笑う。
　その笑顔がすごくやさしくて。
　そしてすぐに冷えた私の手をぎゅっと握ってきた。
「わっ、モモの手、つめてー。今日寒いよな。だいじょうぶか？」
　──どきん。
「だ、だいじょうぶっ！　たくさん着込んできたし！」
　翼くんの手にふれて、一気に体温があがる。
「ていうか、今日なんか……すげーかわいい」
　なんて、私の私服姿を見て微笑む彼。
　今日はデートだからすごくはりきってオシャレしてきたし、そこに気がついてくれてうれしかった。
「そ、そう？　ありがとう。まぁー応、デートだからね」
　それでも相変わらず素直にデレデレよろこべなかったりするんだけど……。
　翼くんはいつだってすごくストレートだ。
　だから私は照れくさくって。

心が弾んでいるのに、なんでもないフリをしたりしちゃう。
　内心ほんとはドキドキしっぱなしだけどね。
　翼くんはさりげなく、私の冷えた手を自分のコートのポケットに入れて歩きだす。
　当たり前のようにこうして恋人らしくいられることが、やっぱりすごく幸せだなって思った。
　最近は放課後にあまり会えなかったけど、彼はいつもどおりだ。
　心配いらないのかな……。
　今日はめいっぱい楽しみたいな。

「うわぁ〜、きれーい！」
　駅からしばらく歩くと、キラキラ輝くイルミネーションに目をうばわれた。
　このあたりは有名なイルミネーションスポットで、クリスマスは遠くから訪れる人でいっぱいになる。
　今日もまた当然のごとく、たくさんのカップルでにぎわっていた。
「わぁ、なにあれ！　すごいっ！　見てみて、翼くん！　天使の形してる！」
　クリスマスに彼氏とふたりでイルミネーションなんて初体験の私は、思わずはしゃいでしまう。
　見るものすべてが新鮮で、ワクワクして、柄にもなくテンションがあがってしまった。

そんな私を見て、クスッと笑う翼くん。
「はは、モモかわいい」
まるで子どもをあやすかのように、私の頭をナデナデとしながら。
「モモが楽しそうでよかった」
「………」
こうして見ると、なんの変わりもないように見えるんだけどなぁ。
かわいげのない私は、ついついよけいなことを言ってしまう。
「そ、そりゃ楽しいわよ。だってやっとデートできたんだもんっ」
ムスッとした顔で。
「翼くん、なんか最近忙しそうでデートの時間をぜんぜんつくってくれなかったしねー」
なんて、独り言みたいに横を向いてつぶやく。
すると、翼くんは「うっ……」と痛いところを突かれたような顔しながら、手をぎゅっと握ってきた。
「……ごめんってば」
だけど、とくに理由は言わないんだ。
そっぽ向いてる私の頭を、軽く自分の胸に抱き寄せる。
「ごめんな、モモ。これからはちゃんと時間をつくるから」
「……ほんと？」
「うん。もしかして、さみしかった？」
「……っ」

いや、すっごくさみしかったけど。
　すっごくね！
　でも言わない。
「べ……べつにっ!!」
　強がってそう口にしたら、笑顔の翼くんにぎゅっと抱きしめられた。
「……ぷ、あはは！　あーもう、かわいいな〜ほんと」
「っ、ちょっと〜！」
　やだ、人が大勢見てる前で……。
　恥ずかしくてたまらない。
　だけど、そうやって愛しそうにぎゅってしてくれるのがやっぱりうれしくて、いっときもはなれたくない。
　言葉とはうらはらに気持ちがあふれてきて、やっぱり翼くんのこと、好きだなぁって思った。
「つ、翼くんのバカ……っ。みんな見てるから」
「いいよ。俺は気にしない」
「気にしてよっ！」
「モモがかわいすぎるのが悪い」
「〜〜っ！」
　こんなこと言われたら、かなわない。
　今日くらいはいいかなって思っちゃう。
　みんなからバカップルだと思われてるわよね、きっと。
　なんだか悔しいけど、私、すごく幸せなの。

　イルミネーションを満喫したあとは、ふたりでディナー

を食べに行った。
　初デートはお好み焼きだった私たちだけど、今回は翼くんが夜景のキレイなレストランを予約してくれていて、まさに絵に描いたようなクリスマスデートって感じ。
　窓の向こうに広がる夜の街の景色は、本当にロマンチックで素敵で、それを見ていたら最近ずっと一緒に過ごせなくて不満だったことすら忘れてしまいそうだった。
　コース料理もとってもおいしくて、大満足。
　今日のためにいろいろリサーチしてくれたのかな？
　食べ終えて食後のコーヒーを飲みながら幸せな気分にひたる私を見て、翼くんがクスッと笑う。
「モモ、ご機嫌になったな」
「うん。だってこのレストランとっても素敵なんだもん」
「よかった。じゃあまた連れてくる」
「ほんと？　それじゃ来年のイヴもここでいいわよ、なんて……」
「いいよ」
　冗談で言ってみせたら笑顔でうなずく翼くん。
　一応婚約してる私たちだけど、即答するってことは、来年も一緒に過ごすつもりでいるってことよね？
　そう思ったらなんだか顔がほころぶ。
　目の前でやさしく微笑む彼の姿を見ながら、来年も、また再来年も、その先もずっと一緒にいられますようにって、心のなかで小さく唱えた。

そして夕食のあとは、最後に広場にある有名な巨大ツリーを見に行った。
　今日は平日だけど、夜でもやっぱり人がたくさんいるみたい。
　道行く人たちは、カップルばかりだ。
　私はそこで、用意していたクリスマスプレゼントを翼くんにわたすつもりだった。
　広場に着くと中央に大きなモミの木が立っていて、華やかな飾りつけや電飾でキラキラと光っている。
　広場全体もライトアップされていて、とてもロマンチックなムードがただよっていた。
「うわぁ、すご～い！」
　私も思わず声をあげる。
　テレビでは見たことがあったけど、実際に生で見ると本当に言葉では言い表せないくらいキレイだった。
「すっごく大きいね！　すっごくキレイ！」
「ほんとだ。すげぇ……」
　翼くんも初めて見た様子で、ツリーを見るなり目を輝かせている。
　感動を一緒にわかちあえて、とってもうれしかった。
「あっそうだ、プレゼント！」
　私はここぞとばかりに、用意していた紙袋を取りだす。
　そうだ。ツリーの前でプレゼントをわたしたかったの。
　いろいろ悩んだけど、毎日身につけられるものがいいかと思って、マフラーを選んだ。

「はい、これ。私から」
　翼くんに向けて差しだすと、笑顔で受けとってくれて。
「ありがと。見ていいの？」
「うん。開けてみて」
　そしてさっそく中身を取りだした。
　翼くんに似合うと思って選んだ、深緑色に紺のチェックが入ったマフラー。
「……わぁ、マフラー？」
「うん。いつも身につけられるものがいいかなって思って」
「ありがとう。すげーうれしい。俺、緑好きだし。じゃあこれから毎日使うよ」
「ほんと？」
「うん。めちゃくちゃ大事にする」
　そんなこと言われたら照れる。
　でも、すごくうれしい。
「うん。ちゃんと毎日使ってね」
「じゃあさっそく……」
　そしたらほんとに今首に巻いていたマフラーを取って、私があげた新しいマフラーを巻き始めた。
「えっ、今つけちゃうの？」
「うん」
　まさかさっそく使ってもらえるとは思わなかった。
「……どう？」
　だけど、イメージどおり。やっぱり似合ってる。
「うん。すっごく似合ってる！　さすが私が選んだやつね」

「はは、ほんとだな。ありがと」
　幸せだなぁって思った。
　つきあうって、こういう感じなんだって。
　翼くんの彼女だってことをあらためて実感したみたいに。
「それじゃあ今度は俺から……」
　次は翼くんがプレゼントをカバンから取りだそうとした時だった。
　ふとうしろから誰かに声をかけられて。
「……あっ。あーーっ!!　あなた、もしかして……!」
　振り返れば大学生くらいのオシャレな女子ふたり組。
　彼女たちは翼くんを見るなり超ハイテンションでかけよってきた。
「あのっ!　この前まで『カフェSmart』にいた人ですよね!?　やばい、私服も超かっこいー!　最近見かけないけど、どうしたんですかー?」
「もしかして、やめちゃったんですかー!?　だったらショックー!　うちら結構常連で〜、ひそかにファンだったんですーっ!」
　……え?
「カフェSmart?」
　常連?　ファン??
　聞きなれない言葉に戸惑う私。
「えっと……あー、すみません。先日やめたんで俺、もうあの店にはいかないんです」

「えっ、ウソーッ！　超ショック!!　すっごいタイプだったのにー！」
「うわー、マジか。目の保養が！　えー残念です〜。でも最後に会えてよかったー。すいませんね、邪魔して。彼女とデートですかー？」
「はい」
「きゃーっ！　ていうかやば！　彼女もまじかわいい！さっすがレベル高っ！」
「ほんとだー！　かわいい〜！」
　……なんだか話についていけない。
　いったいなんの話をしてるの？　この人たち。
　だけど、とりあえず愛想笑いをしておく。
「……あはは」
　そしたら彼女たちは気がすんだのか、
「じゃあどうも、彼女とお幸せに〜！」
「ありがとうございましたー！」
　手を振りながら去っていった。
　一瞬の出来事。
　私はしばらくポカンとしてしまって。
　だけど翼くんは明らかに、「まずい……」といったような顔をしている。
　それを見て思う。
　あぁやっぱり、なにか隠してたんだ……。
「……ねぇ、翼くん？」
　せっかくプレゼントを渡すところだったけど、問いつめ

てみた。
「今の……なんの話？」
　お店の名前とか、やめたとか、常連とか。
　もしかしてだけど……。
「『カフェSmart』って、駅の近くにあるオシャレなカフェの名前よね？」
　私も店の存在は知っている。
　たしか若い男の子の店員しかいなくて、しかもイケメンぞろいで有名な、通称〝イケメンカフェ〟。お客さんも女性ばかりで、当然、イケメンに会うために店を訪れるらしい。
　その店でなにをしてたの？
「それと翼くんと、どういう関係が……」
「ごめんっ!!」
　質問を続けると、翼くんはピシッと頭を下げて謝ってきた。
「実は１カ月だけそこでバイトしてたんだ。短期でも採用{さいよう}してくれて、しかも時給よかったから……」
　……はっ？　バイト??
「なにそれ……。聞いてない」
「モモには内緒{ないしょ}にしときたかったんだ。あとで話そうとは思ってたんだけど……」
　それを聞いてムッとした。
　内緒にしときたかった？　なんで？
　なんで私に隠れてそんなとこでバイトするの？

しかもバイトとか……する必要ある？
　　あなた、超お坊っちゃまよね!?
「なんで……なんでウソついてたの!?　お父さんの仕事の手伝いとか言ってたくせに！　だから毎日さっさと帰ってたんだ！」
「いや、うん。それにはわけが……」
「翼くんお金持ちなんだから、バイトなんてする必要ないでしょ!!」
　　だんだんと腹が立ってきた。
　　ひどい……。
　　私がどれだけ不安だったと思ってるの？
　　せっかく両思いになれたのに、いきなり隠しごとなんて、そんなのじゃこれからやっていけない！
　　翼くんのバカバカバカ！
　　だけど、勢いあまってそう口にしそうになったところで。
「違うんだって。これ……」
　　翼くんは手に持っていたなにかを私に差しだした。
　　それは、小さな箱。
　　そう。まるで、中にアクセサリーでも入っていそうな……。
「……え？」
　　私はそれを見て、一気に怒りがしぼんでいく。
　　まさか……。
「これ買うために、バイトしてた」
「ウソ……っ」

「自分で稼いだ金じゃねぇと、カッコ悪いだろ」
　翼くんはそう言うとやさしく笑って、私の手をとってその箱を握らせる。
「開けてみて」
　──どきん。
　なんだかものすごくドキドキした。
　うれしい……。
　翼くんはやっぱり、私の想像以上にマジメで素敵な人だ。
　だって私のために、わざわざバイトなんかしてプレゼント買ってくれるんだもん。
　育ちのよい彼なら、普通に暮らしていればバイトとは無縁のはずなのに……。
　私は感激しながら、その箱を開けてみた。
　すると中から小さな宝石のついた指輪がでてきて。
　ウソ……。
　小さいけれどそれはたぶん、ダイヤだった。
　ダイヤのついたかわいいハートモチーフのシルバーリング。
「えぇ～っ!?　ウソ～～っ!!」
　あぁ、なんかもう泣きそう。
「ごめんな。こんな安モンしか買えなくて」
　翼くんはそんなふうに言うけれど、値段なんて関係ない。
　何百万円の高価なジュエリーより、もっと価値があるよ。
「ううん、うれしい……っ」
　感動しすぎて涙がでてくる。

「ちゃんとまたあらためて、いいのプレゼントするから」
「……っ、なに言ってるの。じゅうぶんだよ……」
　すると翼くんは指輪を箱から取りだして、私の左手をつかんだ。
「手、だして」
　夢みたいな瞬間。
　左手の薬指にダイヤのリングがはまる。
　不思議なことに、指輪は私の指のサイズにピッタリだった。
　……どうしてサイズがわかったのかしら？
「よかった。ピッタリ」
「……ほんとだ。なんで？」
「ちゃんと藤原に指のサイズをリサーチしてもらったから」
「えぇ～っ!?」
　ウソ。すごい……。
　でもそっか。だから詩織は私がすごい不安がってても、余裕がある顔をしてたんだ。
　言われてみれば、以前帰り道にアクセ見たいからってつきあわされたことがあるかも……。
　あの時に、私の指のサイズをチェックしてたのね。
「す、すごい……。ありがとう」
　なんかもう、幸せすぎてどうしよう。
　こんなうれしいプレゼントをもらったのは生まれて初めてだ。
　すると翼くんは、感激して泣いている私の頬にそっと手

を当てる。
　そして目をあわせると静かにこう言った。
「……モモ、結婚しよう」
　──どきん。
　もう片方の手で、私の左手をそっと持ち上げて、指輪にキスをして。
「俺だけのものになって」
　もうカタチだけじゃない、本当の約束。
　大好きな彼からのプロポーズ。
「はい……っ」
　私は涙まじりの声で、コクリとうなずいた。
　幸せ……。
　翼くんのことを好きになって、本当によかった。
　胸がいっぱいだよ……。
「幸せにする。絶対に」
　翼くんは私の涙を親指でそっとぬぐう。
　そして、そのまま私の後頭部に手をまわすと、唇にやさしく口づけてきた。
「……んっ」
　もうみんなが見てるとか、どうでもよくなっちゃう。
　もしかして私、世界一の幸せ者なんじゃないかって、そう思えるくらいに幸せで。
　ずっとずっとこの幸福感に酔っていたいと思った。

　翼くんと私。

最初はパパたちが勝手に決めた婚約だったけれど、今思えばこれは運命(うんめい)だったのかもしれない。
　あなたに出会えて、本当によかった。
　私はもう、あなただけのもの。
　この先もずっとずっと、あなただけのプリンセスで、いさせてね……。

　　　　俺が絶対、好きって言わせてみせるから。＊fin.＊

＊文庫限定番外編＊

♡甘い同居生活!?

　高校３年生の６月。翼くんが18歳の誕生日を迎えた。
「翼坊ちゃま、おめでとうございます！」
「翼、おめでとう！」
　バースデーパーティーはホテルの会場を貸し切りにして、黒瀧家と有栖川家合同で盛大(せいだい)に行われ、そこで親族への婚約発表もすることに。
「それではみなさん、翼さまと桃果さまのご婚約に、どうぞ大きな拍手を！」
　——パチパチパチパチ！
　実際に籍を入れるのは卒業後ということになっていたけれど、もうこれで私と翼くんの結婚は正式に決まってしまったようなものだった。
　もちろん、私に異議(いぎ)はないけれど。
　最初、パパに翼くんを紹介された時は、あんなに嫌がってたのにね。それがウソみたい。
　つきあって１年以上たった今でも私は翼くんのことが大好きだし、翼くんも相変わらず私のことをすごく大事にしてくれる。
　毎日がとっても幸せなの。
　無事に婚約会見を終えてホッとしていると、隣にいた司会者が急にまた大きな声で話し始める。
「えー突然ですがここで、幸せいっぱいのおふたりに両家

のご両親からサプライズプレゼントがあるそうです!」
　……えっ、サプライズ?
　大音量のBGMが流れ、会場が一気にわきたつ。
　そしてステージ上に立っていた私と翼くんのもとへ、うちのパパと翼くんのお父さんが仲良くそろって歩いてきた。
　パパは手にプレゼントの箱を持っている。
「翼、おめでとう」
「翼くん、桃果をよろしくな」
　そんなセリフとともに手渡された小さな箱。
「これは私たちからのプレゼントだ。さっそく開けてみてくれ」
「ありがとうございます」
　翼くんは言われたとおり、さっそくリボンをほどいて箱を開け始めた。
　プレゼントって、いったいなにが入ってるのかしら?
　しかもさっき、司会者が「おふたりに」みたいなこと言ってたけど。
　わざわざここで開けちゃうんだ。
「……えっ?」
　すると、中に入っていたのはなんと……。
「鍵?」
　そう。リングにつけられたふたつの鍵だった。
　なんで鍵がプレゼントなの??
　翼くんもそれを見てポカンとしてる。

「え、パパ。これは……」
　私がパパに問いかけると、かぶせるように司会者が。
「おふたりにはなんと、駅前の高級マンションの部屋の鍵がプレゼントされたようでーす!!」
　……えぇぇぇ〜〜っ!?
「部屋は最上階で見晴らしバツグン、ゆったりくつろげる３ＬＤＫ！　もちろんセキュリティも万全で、新婚生活を送るには最高の物件なんだとか！　おふたりはまだ入籍されたわけではないですが、卒業後の結婚生活に備えて、今から一緒に暮らされてはというご両親の配慮だそうです！」
「……ちょっ、ちょっと待ってパパ！」
　なにそれ！　聞いてないんだけど!!
「いやぁ〜、すばらしいサプライズプレゼントでしたね！」
　会場からはまた大きな拍手がわきおこる。
　だけど私はこのありえない展開を、すぐには受け入れることができなかった。
　だってだって、いきなりマンションの部屋をプレゼント!?　めちゃくちゃすぎない!?
　第一、私たちまだ高校生なのに、同棲だなんて……。
「翼くん、どうしよ……っ」
　パパがぜんぜん話を聞いてくれないので、思わず隣に立っていた翼くんの腕をぎゅっとつかむ。
　そしたら翼くんは振り返ってこちらを見たかと思うと、うれしそうにニコッと笑った。

「よかったじゃん。やっと一緒に暮らせるな」
　……はっ!?
　いやいや、もっと動揺しなさいよ！
「え、なに言ってんの？　一緒に暮らすって……意味わかってる？」
「うん。わかってるよ」
　ウソ。絶対わかってないでしょ！
　ひとつ屋根の下よ？　毎日一緒に寝るのよ？
　ごはんとかお風呂とか、どうするの!?
「い、いくらなんでも早すぎじゃ……」
「俺たちならだいじょうぶ」
　そしたら翼くんはそう言って、ポンと私の頭に手をのせた。
　いやいやいや、意味わかんない！
　もちろん一緒に暮らせるの、うれしくないわけじゃないけど……あまりにも急すぎるってば！
　だけどそうやって不安に思ってるのはどうやら私だけみたいで、そこにいた親戚一同も大盛りあがり。
　翼くんもまったく戸惑ってないし！
　……そんなこんなで、こうしてある日突然、私と彼の同居生活が始まってしまったのです。

「……モモ。モモ、起きて」
　朝。どこからか翼くんの声がする。
「ぅーん……」

眠い目をこすりながら開けると、制服の水色のカッターシャツに青いネクタイ姿の翼くんが、ベッド横に立って私を見下ろしていた。
「おはよ。そろそろ起きないと遅刻するよ」
「えーっ、もうそんな時間？　まだ眠いのに〜」
　そう言って私がもう一度布団をかぶろうとすると、手首をきゅっとつかまえてそれを阻止する彼。
　そして、なぜか耳もとに顔を近づけ、甘い声でそっとささやいた。
「朝ごはんできたよ。一緒に食べよ」
　──ドキッ。
　とたんに顔がじわっと熱くなって、ちょっぴり目が覚める。
　うぅ、彼の息が耳にかかったんだけど……。
　今の、わざと？
　それにしても翼くんってほんと、いつ見ても爽やかだわ。
　仕方なくむくっと起きあがって、パジャマのままリビングへと向かう。
　リビングのドアを開けると、なんだかおいしそうないい匂いがただよってきた。
　パッとダイニングテーブルに目をやると、そこにはベーコンエッグとトースト、そしてサラダが並べられている。
「簡単なものでごめんな」
　なんて翼くんは言うけれど、寝起き早々感心してしまう。
　これ全部、翼くんがつくったんだよね？

すっごくキレイな盛りつけで、おいしそうなんだけど。
　というか彼は、いったい何時から起きてたんだろう？
「ううん、ありがとう。いただきます」
「モモはコーヒー飲む？」
「うん、飲む！」
　そのままふたりでテーブルをはさんで向かいあって座り、彼の用意してくれた朝食を食べる。静かな朝の時間。
　なんだかまだなれないけれど、すごくほっこりとした気持ちになった。
　翼くんとふたりで暮らし始めて約１週間。
　最初は大騒ぎしてバタバタしていたけど、ようやくちょっと落ち着いてきた。
　使用人もいない家でふたりだけで生活して、このマンションから一緒に学校に通っている。
　いわゆる"同棲"ってやつなんだろうけど、今までと比べると、ガラッと生活が変わったように思う。
　だって、ここには羽山も梅子もいないし、影山さんだっていない。
　もちろんパパもママもいないし、なんでも自分たちでやらなくちゃいけない。
　私にとってそれは未体験の連続だった。
　だけど、翼くんはそうでもないみたい。
　もとから彼は、自分のことは今までもなんでも自分でやってたから、料理だって掃除だってなんでもできてしまう。

今日だって朝は起こしてくれたし、こうして朝ごはんをつくってくれたし。
　いたれり尽くせりで育ったせいで生活力皆無の私は、翼くんに頼りっぱなしだった。
「この目玉焼き、半熟でおいしい」
「だろ？　モモの好きな半熟にした」
「すごい。翼くんって料理も上手なのね」
「そんなことないよ」
　なんて謙遜してるけど、彼はほかにもいろいろな料理をつくることができる。
　この前はローストビーフをつくってくれたし、ハンバーグや肉じゃがをふるまってくれたこともある。
　どこでおぼえたんだろうと思ったら、どうやら彼のお姉さんが料理上手みたいで、実家で暮らしていた時にいろいろ教わったんだとか。
　姉弟そろってなんでもできるみたい。
　ほとんど自分で料理をしたことがない私は、恥ずかしくなるくらい。
「ふっ。モモってほんと、おいしそうに食べるよなー」
　絶妙な焼き加減の目玉焼きをペロッと平らげた私を見て、翼くんがうれしそうに微笑む。
「そう？　だって、本当に翼くんの料理おいしいんだもん」
「ははっ。そう言われるとつくり甲斐あるな」
　って、なんかセリフが男女逆みたいな気がするけど……まぁいっか。

パパたちの無茶な提案でいきなり始まったこの同居生活(どうきょ)だけど、やっぱり大好きな人と一緒に暮らせるというのはすごく幸せだった。

「おはよーっ」
　朝学校に着くと、さっそく詩織が私の席にやってくる。
　受験生なんだから、席で自習してればいいのに、ここ最近毎朝欠かさずこうなんだ。
「……で、どうなの？　新婚生活は」
「だからーっ、結婚したわけじゃないんだから、べつにまだ新婚じゃないってば」
「でも、もう新婚みたいなものでしょー。毎日ひとつ屋根の下でいくらでもイチャイチャできるわけだし。なんかおもしろい話ないの？　そろそろ翼くんがオオカミになった話とか聞きたいんだけど」
「……っ、そんな話なーいっ！」
　まったく、なにを期待してるんだか。
　翼くんと一緒に暮らし始めてからというもの、詩織は毎日ニヤニヤしながらこういうことを聞いてくる。
　はしたないわ、まったく……。
　いや、もちろんね、まったくイチャイチャしないわけじゃないけどね。
　あの翼くんがそんな急に豹変(ひょうへん)したりするわけないでしょ。
「でもほら、よく一緒に暮らしてみると意外な一面が見え

たりするって言うじゃん。だから翼くんにもそういうのないのかなーって思ったわけよ」
　詩織にそう言われて、ふと考えてみる。
　意外な一面？　うーん……。
　とくにないわね。
　翼くんは一緒に暮らしても、今までどおり普通だし、ぜんぜん変わらない。
　ほら、よくテレビなんかじゃ、一緒に住んだらこんな人だったんだって幻滅(げんめつ)したとかあるけど、翼くんの場合は幻滅するどころか、ますます尊敬するようなことばかりで。
　逆に私がなにもできなくて、幻滅されてるんじゃないかと思うくらいよ。
　それにまだ、一緒に住んでちょっとしかたってないし。
「ううん、ない。やっぱり翼くんは翼くんよ」
「そっかー。なーんだ」
　まぁ、そのうちいろいろあるのかもしれないけど、今のところケンカもなく仲良くやってると思う。
　というか、もともと私と翼くんてケンカしないしね。
　本当にこのまま結婚してもうまくやっていけそうな気がしちゃう。
　これも全部、翼くんがやさしすぎるおかげよね。

「モモは、今日の夜はなにを食べたい？」
「うーん……。じゃあ、ハンバーグ！」
「オッケー」

放課後、ふたりで夕食の食材を買うために駅前のスーパーに寄る。
　実は私、スーパーで買い物なんてあんまりしたことがなかったんだけど、翼くんと同居してからはここによく来るようになった。
　こうして買い物カゴを持ってふたりで歩いていると、本当に新婚夫婦みたい。不思議な感じ。
　最初は買い出しなんてめんどくさいと思ってたのに、翼くんと一緒だと結構楽しかったりして。
「挽き肉って、これ？　なんかいっぱいあるんだけど」
「あぁ、合挽き肉でだいじょうぶだよ」
「えーっ、ハンバーグをつくるんだったら普通は、牛100パーセントじゃないの？」
「合挽きでもおいしいんだって。なんなら、ヘルシーに豆腐ハンバーグにする？」
「豆腐……そんなのあるんだ？　食べたことないわ」
「じゃあ今日は豆腐を入れようぜ」
　翼くんはいろんなことを知ってる。
　こうやって料理もいろいろ工夫したりするし、意外なことに家庭料理っぽいものをつくってくれるし。
　あんまり高級志向でもないし、本当にお坊ちゃま育ちなのかしらって思うくらいに素朴な人。
　彼を見ていると、いかに自分は世間知らずだったのかということを思い知らされる。
「ねぇ、デザートもなにか買おうよ！」

「はは、モモはほんと甘いもの好きだよな」
「だって、お風呂あがりになにか楽しみがあったほうがいいでしょ？　私、今日はプリンがいいわ」
「いいけど、あんまり毎日食べてると……あ、いや、なんでもない」
「あぁっ！　今、太るって言おうとしたでしょ〜！」
　気にしてることをズバリと言われて、ムッとして翼くんのブレザーをひっぱる。
　実はね、私、翼くんと同居し始めてからちょっと体重が増えちゃったの。
　詩織には「幸せ太り」とか言われたんだけど、絶対に食べすぎよね。
　だって仕方(しかた)ないでしょ。翼くんのつくるごはんがおいしいんだもん。
「いや、してないって」
　とか言いながら、目が笑ってるから、きっと図星(ずぼし)だわ。
「ウソ、絶対言おうとしてた！　私が最近太ったの知ってるもんね、翼くん。いいわよもう、食べないから！」
　私が怒ってプイッとそっぽを向くと、あわてて腕をつかんでくる彼。
「はははっ、ごめんって」
「もういいもんっ」
　こうやって相変わらずすぐムキになっちゃう私も私だけどね。
　そしたら彼はふいに立ちどまって、私の頭にポンと手を

のせ、顔をのぞきこみながらボソッとつぶやいた。
「俺は、モモがどんなに太っても好きだよ」
　……っ、ずるい。
「ま、またそういうこと言って……」
　だけど、それでちょっと機嫌が直っちゃう私は、だいぶ単純だと思う。
「あ、ほら、モモの好きなプリンあったぜ？　俺もプリン食べたいから２個買っとくな」
　結局はそんなことを言いながら、翼くんはプリンをカゴに入れてくれた。
　なんだかんだやさしいんだもんな。いつもワガママ聞いてくれるし。
　私、甘やかされてるなぁ……。

　買い物を終えて店の外にでると、小さな女の子とお母さんが手をつないで歩いているのを見かけた。
　女の子はまだ歩き方がぎこちなくて、ヨチヨチ歩きのペンギンみたいでかわいらしい。
「……かわいい」
　私が口にするよりも先に、翼くんがボソッとつぶやいた。
　翼くんもかわいいなって思ったんだ。
「みーちゃん、ちゃんと持っててね。落としちゃダメよ」
「うんっ」
　女の子は手に、棒のついた飴を持っている。
　そこのスーパーで買ってもらったのかしら？

よっぽどうれしかったのか、手に持ったままでぶんぶん振りまわしてる。
　今にも手からその飴が落ちそうで、見ていてハラハラした。
　そして数メートル歩いたところで、ついに飴が手から落っこちてしまって。ハッとして立ち止まる女の子。
「……ママ！　アメ！　アメ！」
「え、どうしたの？」
「アメ〜ッ！」
　半泣きの顔でお母さんに訴える。
　すると、すぐうしろを歩いていた翼くんが、すぐさまその飴を拾って、女の子のもとへ渡しにいった。
「飴、落としたよ。はい、どうぞ」
　そう言いながら、女の子の目線にあわせるようにしゃがむ彼。
　手わたされた女の子は、目の前に知らない人があらわれたからか一瞬固まっていたけれど、翼くんのやさしそうな笑顔を見ると、ホッとしたように手で受け取った。
「まぁ、すいません！　もう、だから落とさないでって言ったでしょ〜。どうもありがとうございます」
「いえいえ」
「ほら、みーちゃんもお兄さんにありがとうして」
　お母さんに言われて、女の子はモジモジしながらも小さな声でお礼を言う。
「……ありがとう」

「どういたしまして。またね」
　翼くんが手を振ると、女の子も笑顔になって手を振り返す。
「おにいちゃん、バイバイ！」
「バイバイ」
　その様子を見てたら、なんだかすごく胸がほっこりした。
　……やさしいなぁ、翼くん。ほんとに紳士なんだ。
　こまってる人を見たら放っておかないし、誰にでも感じいいし、子どもも好きそうだし。
　女の子とのやりとりを見て、この人は絶対に、いいパパになりそうだなぁって思っちゃったわ。
「今の子、かわいかったわね。翼くん、子ども好きなの？」
　女の子と別れたあと、ふと翼くんに尋ねてみた。
　そしたら彼はニコッと笑って。
「うん、好きだよ。だってすげぇかわいいじゃん。これが自分の子どもだったらもう、かわいくてたまんないんだろうなーって思う」
「ふっ、そうね。翼くんは、子どもを溺愛しそうな感じだもん」
「あーそうかも。その子がモモに似てたりしたら、なおさらだよな」
「……ぶっ！」
　思いがけない発言に危うく噴きだしそうになった。
「な、なに言ってんの!?　気が早すぎでしょ……っ」
　なんか恥ずかしいんだけど。ちょっと。

「はは、そっか。でも本当にいつかそんな日が来るかもしれないじゃん？」
「えっ……」
「俺たまに、モモと本当に結婚したらどうなんのかなーとか、いろいろ想像したりするよ」
「そ、そうなのっ？」
　ウソ……。翼くんも私との将来を想像してくれてたりするんだ。
　どうしよう、なんかうれしい。
　だけど、あまりにも照れくさかったもんだから、
「それより、今は受験のこととか考えたほうがいいんじゃないのっ……」
　ついついそういうことばかり言っちゃう私は本当にかわいくない。
　だけどなんだかすごくくすぐったい気持ち。隠そうと思っても、うれしいのは顔にでちゃう。
　思わずつないでいた彼の手をぎゅっと強く握り返した。

　その日の夜。翼くんのつくってくれた豆腐ハンバーグを一緒に食べて、お風呂にゆっくり入ったあと、私はソファーにひとりでじっと座っていた。
　なにをしているかっていうと、化粧水をたっぷりしみこませたシートを顔に貼ってパックをしてる。
　毎日、お風呂あがりの念入りなスキンケアだけは欠かさないから、パックをしたり、ボディローションをぬったり

忙しいの。
　毎晩、その様子を見ている翼くんには「女子って大変なんだな」って言われるけど、美は女の命だから！
　翼くんは、私と入れ替わって今お風呂に入ってるところ。
　婚約したとはいえ、さすがに一緒にお風呂に入ったりなんて、そんな恥ずかしいことはしないからね。
　だから時々、お風呂場にいる彼からよばれて「タオル取って〜」とか言われるとすごくドキドキしちゃうんだけど、そういう時は一瞬でわたして逃げるように去る私。
　だってやっぱり、婚約者とはいえ直視できないわ。翼くんの裸とか……。
　ペロッと顔からパックをはがして、美容液とクリームをぬりこむ。
　これでひととおりスキンケア完了、そう思ってソファーから立ちあがろうとした時だった。
「あ、モモ。パック終わったの？」
　いつのまにかリビングにあらわれたらしい翼くんの声が背後から聞こえて。
「あぁ、うん」
　だけど、そこで振り返ったとたんギョッとして心臓が飛びでそうになった。
「……きゃっ!!」
　だってだって、なぜかそこにいたのは、上半身裸で髪もぬれたまんまで首にタオルをかけている翼くん。
「ちょっ……ちょっと！　なんで服着てないの!?」

思わず両手で目をふさいでしまいそうになる。
　どうしたのよ、いつもは着替えてからでてくるのに。
　そしたら翼くんは恥ずかしそうにちょっと顔を赤くしながら答えた。
「あー、ごめん。脱衣所にＴシャツ持ってくの忘れてた」
「は、は、早くなにか着て……！」
　あわててクローゼットから彼のＴシャツをひっぱりだしてくる。
「ほら、これ！」
　そして突きだすように下を向きながら手わたしたら、彼はクスクス笑いながらそれを受け取った。
「ありがと。モモ」
　それにしてもなんだろう。なんでこんなに色気たっぷりなのかしら……。
　こんなこと言ったら変態（へんたい）みたいだけど、翼くんってすごくキレイな体してるんだ。色白だしスタイルよすぎだし。
　しかもなんかボディソープとかシャンプーのいい匂いするし……。
「あれ？　モモまだ髪の毛乾かしてなかったの？」
　すると、私のぬれた頭に気がついた翼くんが、ふいに私の髪を片手ですくいあげた。
　そしてなぜかそのまま顔を寄せ、くんくんと匂いを嗅（か）いでくる。
「……おんなじ匂いするね」
　――ドキッ！

「えっ、なにが……っ」
「俺とモモ、同じシャンプーの匂い」
　見上げると、翼くんはなんだかうれしそうな顔して笑ってる。
　私はもう、そのぬれた髪とか匂いとか近すぎる距離とかで、クラクラしてきてしまって。
　たかなる心臓の音が外にもれてしまいそうなくらいドキドキしてた。
　それに、せっかく持ってきたのに、まだＴシャツ着てないし……。
「つ、翼くん、あの……」
　いつも思うけど、こういうのは無自覚なの？　それとも確信犯なの？
　なんか私ばっかりひとりでドキドキしてるみたいよ。
「いいから、早く服着なさーいっ!!」
　あまりの恥ずかしさにたえられなくなって、大声で叱るように言ったら、彼はそこでやっと思い出したようにＴシャツを着てくれた。
　……はぁ。風呂あがりの男の色気に殺されるかと思った。
「あははは！」
　しかもなぜか楽しそうに笑ってるのよね。なんなのかしら。
「なに笑ってるのよっ！　上半身裸でウロウロしないでよ！　風邪ひいたらどうするの!?」
「ぷぷ、ごめんって。なに、ドキドキした？」

「し、し、してないしっ!!」
　やだ、もしかしてからかってたの?
「心配してくれてありがと。でも、モモのほうこそはやく髪乾（かわ）かさないと風邪ひくぜ?」
　翼くんはそう言って洗面台からドライヤーを持ってくると、リビングの床に私を座らせ、そのうしろに自分も座った。
「はい、じっとしてて。お嬢様」
　──ブゥーン……。
　部屋にひびくドライヤーの音。私の長い髪を翼くんが何度もやさしく手ですくいあげる。
　こうやって彼は、時々私の髪を乾かしてくれる。
　髪が長いから、めちゃくちゃ時間かかるのに。
　本当に面倒見がいいっていうか、マメなんだ。
　こんなに甘やかしてもらってばかりでいいのかしら? 私。
　翼くんと一緒に住むようになって、彼の嫌なところが見えてくるどころか、もっともっと彼のことを好きになったような気がする。
　翼くんはどうなのかな?　この生活をどう思ってるのかしら?
　同じように幸せだって思ってくれてる……?
　翼くんの気持ちを知りたいけど、勇気がなくって、なかなか聞けないの。

「おやすみ、モモ」
「おやすみ」
　大きなキングサイズのベッドにふたりで寝転んで、部屋の照明を落とす。
　翼くんの隣で眠る夜は、いつだってドキドキする。
　すぐ横に彼がいるって思ったらなかなか眠れないし。
　１週間一緒に暮らして、だいぶこの生活になれたとは思っていても、やっぱりこの同じベッドで寝るっていうのはどうもなれなかった。
　仰向(あおむ)けになって、そっと目を閉じる。
　すると、横から翼くんの手が伸びてきて、私の手をそっと包みこんだ。
　──どきん。
　指を絡ませるようにぎゅっとつながれて、心拍数(しんぱくすう)が急上昇する。
　いつもこうやって、さりげなく手をつないでくるんだよなぁ……。
　今日も眠れないよ。どうしよう。
　でもきっと、翼くんは平気でスヤスヤ眠っちゃうんだろうな。
　だんだんと落ちつかなくなってきて、そっと手をはなし、彼に背を向ける。
　さっきまではすごく眠かったはずなのに、眠気はどこかへいってしまったようだった。
　もう、翼くんのせいだよ……。

だけど、そのままじっと目をつぶっていたら少しずつまた眠くなってきて。
　……静かだし、さすがにもう寝ちゃったかな?
　ふと気になって、そっとうしろを振り返り、彼と向かいあってみる。
　そしたらその瞬間、寝ていると思った翼くんとバチッと目があった。
　……あれ?　ウソ。目が開いてるし。
　なんだ、まだ寝てなかったの?
「……寝ないの?」
　思わず尋ねてみたら、こまったような顔で笑う彼。
「はは、なんだ。モモも起きてたんだ」
「うん。だって……」
「いや、俺も寝ようと思ってたんだけど、さすがにモモの隣で平気な顔して寝れないよな」
　……えっ?
「な、なんでっ?」
「だって……やっぱドキドキするし」
　そう答える翼くんの声は、たしかに心なしか少し緊張しているようにも聞こえる。
「ウソ。翼くん、ドキドキなんてするの?　いつも余裕がある顔してるのに……」
　なんか、意外だよ。
　すると彼は、向かいあった体勢のまま私の手を持って、ペタッと自分の胸に当ててみせた。

「そりゃするよ。ほら」
 ドクン、ドクン、とTシャツ越しに伝わってくる彼の心音。
 言われてみれば、ちょっと鼓動が速いような気がする。
「モモの風呂あがりのシャンプーの匂いとか、無防備なパジャマ姿とか見て、ドキドキしないわけないじゃん」
 ……えっ。
 そのまま彼は私の背中に手をまわすと、そっと自分のほうへ抱き寄せる。
「ひゃっ！」
「ほんとは俺だって……もっとモモにふれたいとか、思ってるよ」
 閉じこめられた腕のなかで、今度は耳にダイレクトに彼の心臓の音が響いてきて、頭がパンクしそうになった。
 やだ、どうしよう……。なにこれ。
 仮にもベッドの上でこんな体勢、恥ずかしすぎてどうにかなっちゃいそうなんだけど。
「あ、あのっ、翼くん……」
「モモ、こっち向いて」
 翼くんの甘い声に心臓がまたドクンと飛び跳ねる。
 戸惑いながらもそっと顔をあげたら、目があって、次の瞬間すかさず唇をふさがれた。
「……んっ」
 思わず漏れる声。
 たちまち心拍数が上昇して、全身が熱くなる。

翼くんはそのまま片手を私の頭のうしろにまわすと、何度も甘いキスを繰り返す。
「ん……はぁ、んんっ……」
息をするのもやっとなくらい、唇が重なったと思えば、またはなれて、見つめあったかと思えば、また重なって……。
ドキドキしすぎてどうにかなってしまうんじゃないかと思った。
なんだか今日の翼くんは、いつも以上に甘い。
あまりの甘さにクラクラしてきてしまう。
もうダメ。心臓がこわれちゃうから。
「……ま、待ってっ！　翼くん、寝ないの？」
途中、恥ずかしさにたえられなくなって彼に問いかけたら、翼くんは一瞬だまって、それから少し真剣な表情で私を見た。
「俺もう、モモのせいで眠くなくなった」
「なっ……」
なにそれ。私のせいなの？
「それより今は、もっとキスしたい」
えぇっ!?
どうしちゃったんだろう、翼くん。いつになく積極的なんだけど。
「んっ……」
そのまま再びふさがれた唇。
甘くとろけるキスに頭がボーっとしてくる。

「……好きだよ。モモ」
　なんだかもう完全に彼のペース。だけどなぜか、あらがえない。
　だって、やっぱり翼くんのことが大好きなんだもん。
　そのあともたくさんキスをされて、結局その夜はドキドキしすぎてあんまり眠れなかった。

「桃果ー……って、どうした？　なんか今日ボーっとしてるね」
　次の日の休み時間。机に座って頬杖をついていたら詩織が私のもとへやってきた。
「え？　あぁ、ちょっとね。寝不足なのよ」
　なんて答えたら、たちまちニヤニヤした顔になる彼女。
「やだぁ、寝不足って、昨日の夜なにしてたの〜？」
「……べっ、べつになにもしてないわよ！」
「ウソ、だって桃果なんか顔が赤いよ？」
「赤くなーいっ!!」
　まったく、詩織はいつもそういうことばっかり言うんだから。
　昨日の夜のこと思い出しちゃったでしょ。
「旦那さまが寝かせてくれなかったのね。うらやましいわ〜」
「……っ、まだ旦那じゃないわよ！」
「いいじゃな〜い。だって婚約者でしょ。あとでくわしく話を聞かせてねっ」

「だからべつになんにもないってば～！」
「ほんとに～？　あっ、それより今から調理実習よ。準備した？」
　詩織に言われてハッとする。
　そうだった。今日は私の大の苦手科目、家庭科の調理実習。
「たしかアジの南蛮漬けつくるんだったわよね？　魚ってさばくのめんどくさいから嫌だわ」
　しかも魚料理って、最悪。どうしよう。
　体育の次にきらいなこの授業。料理が苦手な私はまたみんなの前で恥をかかなきゃいけない。
「やだ、忘れてた。うぅ、やりたくない……」
「桃果の"特製料理"楽しみにしてるわよ」
「バカにしないでよ～っ」
　詩織も私が料理できないの知ってるからね。
　そもそもうちの学校の女子たちは、家でシェフを雇ったり使用人に世話してもらう生活を送ってるはずなのに、どうして料理とか裁縫とかできちゃう人ばかりなのかしら？
　いわゆる女子力ってやつなの？　これ。
　そこんとこ不思議でならないわ。
　──キーンコーン。
　そこでちょうど予鈴のチャイムが鳴って。
「あ、ヤバい。行かなきゃ」
　私と詩織はエプロンを持って、あわてて調理実習室までかけていった。

「みなさんごきげんよう。きちんと爪は切ってきましたか？今日の課題料理はアジの南蛮漬けとエビピラフです。3枚おろしは基本ですからね。しっかりおぼえていってくださいね」

　ド派手な赤いエプロンをつけた家庭科の先生が今日の料理のレシピや注意事項について説明する。

　私は聞いているだけでちんぷんかんぷんで頭が痛くなりそうだった。

　それなのに、同じグループの女子たちはそれを聞いて「今日は簡単なメニューでよかったね」なんて言ってる。

　これを簡単だと言えちゃうってことは、家でもちゃんと料理してるのね。

　私なんか、翼くんに頼りっきりだもんなぁ。

　さすがに女子としてちょっとまずいのかしらって、最近思い始めてきたわ。

　私のグループのすぐ隣には、翼くんたちのグループのテーブルがある。

　3年生になってクラス替えがあり、翼くんとは同じクラスになったから、学校でもずっと一緒なの。

　きっと今日の調理実習だって、彼なら簡単にこなしちゃうんだろうな。

　イケメンなうえに頭もよくてスポーツ万能で料理上手、おまけに性格もいいなんて、本当に反則だわ。

「やだ、手が生臭くなっちゃう〜」

　なんて言いながら女子たちが魚をさばく横で、私はおと

なしくタマネギの皮をむいていた。
　だって、魚なんてさばけないんだもん。
　なるべく簡単なものを担当して、グループのみんなに迷惑をかけないようにしなくっちゃね。
　隣のテーブルは異様に盛りあがっていて、にぎやかな声が聞こえてくる。
「うわ！　翼、手ぎわがいいな！」
「お前、料理もできるのかよ」
　翼くんはさすが、見事な包丁さばきで野菜をきざんでいて、まわりから拍手が起こっていた。
　だけど、注目されているのはどうやら彼だけじゃないみたい。
「わぁ、上原さん、魚さばくの上手〜！」
　翼くんと同じグループの清楚系美少女、上原すみれちゃん。彼女は料理上手で有名だ。
　今日もまるでプロの料理人のような手つきで見事にアジを３枚におろしていて、クラスメイトたちに大絶賛されていた。
　男子たちはエプロン姿の似合う彼女にすっかり見とれてしまっている。
「上原さん、いいよな〜」
「かわいいし、料理上手だし」
「ああいう子を奥さんにしたい」
　料理ができない私は、その『奥さんにしたい』発言に少しグサッとやられてしまった。

あぁ、男子ってどうしてこう絵に描いたような女の子像に憧れるのかしら。
　清楚でしおらしくて料理ができて家庭的。いつの時代よ。
　みんなそう言いながら家では家政婦を雇ってるんじゃないの？
　まさか、翼くんもそんなこと思ってたりしないわよね？
　下ごしらえをすべて終えたあとは、鍋を使って調理していく。
　この作業は自分のぶんをひとりずつやらなければいけないので、結構プレッシャーだった。
　出来上がりをみれば、下手くそなのがすぐバレちゃうんだもん。
　たしか鍋(なべ)にアジを入れて揚げたあと、漬け汁に漬けこむって先生は言ってたわよね。
　とりあえずアジを揚げればいいのね。
　そう思って急いで揚げ鍋ににアジを投入した瞬間、油がバチバチッと飛び散った。
「ひゃあぁ～っ!!」
「桃果ちゃん、だいじょうぶ!?」
　悲鳴をあげた私のもとへ同じグループの女子がかけよってくる。
「あ、油が……っ」
「ねぇこのアジ、水気はちゃんと拭(ふ)いた？　あと、小麦粉まぶした？」
「え……」

なにそれ。そんな工程(こうてい)があったの？
「やって、ない……」
「だからだよ。ほら、ここにペーパータオルと小麦粉あるから」
　うぅ、なんだかとっても恥ずかしい。いつもこうやって早とちりして失敗しちゃうんだから。
　だけど、言われたとおりにやったら、今度はなんとかそれっぽく揚げることができた。
　……ふぅ。
　そこでホッとしていたら。
「上原さん、盛りつけ上手！」
「さすがだよな〜。プロみたい」
「そんなことないよ」
　隣のテーブルではもう全部出来上がってるみたい。
　上原さんはどうやら盛りつけのセンスも抜群らしく、みんなからまたもや絶賛されていた。
　ほめられた彼女は照れながら謙遜している。
「マジでおいしそう！」
「上原さん、うちのクラスで結婚したい女子ナンバーワンじゃね？」
　すると、そこで盛りあがっていた男子のひとりが、近くにいた翼くんにも声をかけた。
「やっぱり女の子は上原さんみたいに料理できて家庭的な子がいいよなー。翼もそう思わない？」
　ギョッとする私。

ちょ、ちょっと待って。なんてこと聞くのよ。
　だけどまさか、翼くんは賛同したりしないわよね、なんて思ってたら……。
「え？　あぁ、うん。そうだな」
　普通にアッサリと笑顔でうなずいた彼。
　——ガーン……。
　私は一瞬にして崖から突きおとされたような気持ちになった。
　えっ、ちょっと待って……。ウソでしょ？
　そんなの聞いてない。
　翼くんたら、なによ。私と婚約しておきながら、本当は上原さんみたいな子がタイプだったの？
　ああいう料理上手で家庭的な子。
　それじゃ翼くんも、そのへんの男子たちと一緒じゃない。
　なんだか自分のことを否定されたみたいで、急に悲しくなってくる。
　どうせ私は料理できないわよ。家庭的じゃないわよ。
　同居を開始した時も、「料理は俺がやるから、モモはなにもしなくていいよ」なんて言ってたくせに……。
　もしかして、本当はちょっと不満だった？
　でもそうよね。世間のイメージでは、料理って女子がするものみたいなところあるもんね。
　おいしい料理をつくって彼氏や旦那さんの帰りを待ってる尽くし系女子に、男は憧れるものね。
　私なんて、尽くすどころか翼くんに世話してもらって

ばっかりで……ダメ彼女だわ。
　翼くんがやさしいからって甘えすぎてたのかな。
　このままじゃそのうち愛想尽かされちゃうかも。どうしよう……。
　急に不安でたまらなくなってしまった。

　帰りのショートホームルームが終わると、ダッシュで支度をする私。
　そしてすぐに翼くんの机まで声をかけにいった。
「翼くん！」
　たしか今日は、翼くんは風紀委員の集まりがあったはず。
　いつもなら図書室で終わるのを待っていたりするんだけど。
「私、今日は用事あるから先に帰るね。それじゃっ」
「え？」
　ろくに目もあわせずにそれだけ告げると、そそくさと教室をでた。
　だってなんか今、翼くんと普通に話せない。
　さっきの男子たちと翼くんの会話が頭からはなれなくて。
　いまだにショックから立ち直れないんだもん。
　スタスタと歩いて駅まで向かう。
　ひとりで歩いて帰るなんてことはほとんどなかったから、少し心細かった。
　今までは、こういう時は羽山に電話したらすぐに迎えに

きてくれたけど、そういうわけにもいかない。
　途中、スマホのメッセージ音がピコンと鳴る。
　誰かと思って確認したら、まさかの翼くんだった。
【ひとりで帰るの？　だいじょうぶか？　もう、帰り道は少し暗いから気をつけてな。なにかあったらすぐ電話しろよ。】
　……だって。
　まるで過保護なパパみたいね。
　こうやって心配してくれるのはすごくうれしい。愛されてるのかなって思う。
　だけど……翼くんは私のこと、彼女というより手のかかる子どもみたいに思ってるんじゃないかしら。
　ひとりじゃなにもできなくて、翼くんに甘えてばかりで。
　本当は、上原さんみたいに家庭的でシッカリしてる子がタイプだったんでしょ。
　一緒に暮らしてみて、いつまでもお嬢様気分のぬけない私に内心ではあきれてるんじゃないの。
　そのうちつかれて嫌になったりしないかな。
　……どうしよう。このままじゃ、ダメだ。
　私だって、翼くんのためになにかしてあげたい。
　してもらうばかりじゃなくて、彼のことよろこばせてあげたい。
　私だってきっと、やればできるもん。
　そうよ、きっとできる。
　歩きながら、なにをしたら彼がよろこんでくれるかを自

分なりにあれこれ考えた。
　そして、駅に着くとすぐに駅ビルの中の本屋に寄った。
　料理本のコーナーへと足を運び、いろんなレシピを調べてみる。
「彼がよろこぶごはん」みたいなタイトルのものを片(かた)っ端(ぱし)から読みあさって、何冊か購入(こうにゅう)した。
　そのあと、いつも翼くんと一緒に行ってるスーパーへ。
　ぐるっと中を一周して、先ほど買った本を見ながら食材(しょくざい)をいくつか買いこむ。
　帰り道、レジ袋(ぶくろ)がやけに重たく感じたけれど、これも普段は彼が重いものを持ってくれているからだと思ったら、なんともいえない気持ちになった。
　いつも当たり前のようにやってもらっていること。いざ自分でやってみると、大変さがよくわかる。
　今さらのようにありがたみがわかった気がして。
　同時に自分がなにも気づいていなかったことに、少し情けなくなった。

「ただいまー」
　誰もいない部屋に自分の声が響く。
　家に着くと、荷物をしまって制服からルームウェアに着替えてさっそくキッチンに立った。
　翼くんが帰ってくる前に、夕飯(ゆうはん)の支度をしなくちゃ。
　どうせならビックリさせてあげたいからね。
　メニューは定番かもしれないけど、オムライスとポトフ。

エプロンを身につけると、まずは野菜の皮をむき、包丁で切っていく。
　最初はケチャップライスに入れるタマネギから。
　えっと、みじん切りってどうやるんだっけ。
　というかなにこれ、すっごい目にしみるんだけど……。
　包丁を使いなれていない私は、みじん切りが思うようにできなくて、そこらじゅうにタマネギを散らかす羽目に。
　そのうえやたらと目にしみるもんだから、何度もまばたきを繰り返していたら、うっかり手をすべらせてしまった。
　——ザクッ。
「いたっ！」
　ウソ。指切っちゃった……。
　左手の人差し指からじわじわと赤い血がにじんでくる。
　うぅ、なにやってるの私……。さっそく指を切るなんて。
　仕方なく一時中断して手を洗い、絆創膏を指に巻く。
　時間もないので、気を取り直してすぐに続きの作業に取りかかった。
　なんとか野菜をすべて切り終えたところで、今度は鍋を取りだしそれらを炒める。
　えーと、バターをひいて、タマネギが透明になるまでだっけ？
　本に書いてある手順にしたがって、つくっていく。
「よし、できた！」
　そのあと、なんとかごはんと混ぜあわせてケチャップライスが出来上がったところで、ひと口味見をしてみた。

「……っ」
　思わず顔がゆがむ。
　なにこれ、タマネギが固くて苦いんだけど。生みたい。
　しかもケチャップ入れすぎたのかべちゃべちゃで、ぜんぜんおいしくない。どうしよう……。
　一生懸命がんばったつもりなのに、結局うまくできなくて、一気にテンションが下がった。
　なによ。やっぱり私に料理は向いてなかったってこと？
　するとその時……。
　──ゴボゴボゴボ！
　すぐ横からすごい音がして、視線を向けると、ふたをした鍋からポトフの汁があふれでていてギョッとした。
「ひゃっ！　どうしよ……っ」
　あわてて火を弱めようと火力を調節する。
　だけど、間違えて逆に火を強くしてしまって。
　──ゴオォォ！
「きゃああぁ〜っ!!　やだやだっ！　ちょっとまって！」
　あわてふためいた私はなぜか、とっさに鍋を火からおろそうと持ちあげる。
　でも、想像以上にそれが重たくて、そのままバランスを崩して鍋を斜めにかたむけてしまった。
「いやあぁぁっ!!」
　ジャバーッと床にこぼれ落ちるポトフのスープと野菜。
　ウソでしょ、なにこれ……！
「あつっっ!!　あつい!!」

しかも、裸足でいたからスープが少し足の指にかかってしまい、衝撃が走る。
　するとその時ちょうど玄関のほうから声がして……。
「モモッ!!」
　いつの間にか帰宅して、私の悲鳴を聞きつけたらしい翼くんが、あわててキッチンまで飛んできた。
「だいじょうぶかっ!?　どうした!?」
　私はもう、自分のあまりの無力さに涙がにじんでくる。
　最悪……。見られちゃった。こんな悲惨な姿。
　これじゃいいところを見せるどころか、ますますあきれられちゃうわ。
　なんでこんなにダメダメなの、私……。
　翼くんは私が料理をしようとしていたことにビックリしたのか、一瞬固まっていたけれど、すぐに私の手を取ると、確認するように問いかけてきた。
「モモ、ケガは!?」
　そう言われて、さっきポトフがかかった足の指先がジンジンとまた痛みだす。
「あ、足が……。ポトフ、こぼして……」
「やけどしたのか!?」
「……うん」
　うなずくと同時に涙がこぼれた。

「どう？　だいぶ冷やしたと思うけど、痛みは取れてきたか？」

タオルで包んだ保冷剤を足にあてながら、ソファーに腰掛ける私に向かって、翼くんが聞いてくる。
「……うん」
　結局あのあと翼くんが、足をやけどした私を風呂場まで連れていき、冷たいシャワーですぐ冷やしてくれて、さらにはポトフでびちょびちょになったキッチンの掃除までやってくれた。
　ほんとになにやってんだろう、自分。
　これじゃ彼の役に立つどころか、逆に手間を増やしてるんだけど。
　情けなくて顔があげられない。
「ビックリしたよ。まさかモモが、料理してるなんて思わなかったから」
　翼くんはやさしい顔でそう言ってくれたけど、私は自分がますますダメ彼女だと思われてるような気がしてつらかった。
「だ、だって……いつも翼くんに料理とかいろいろやってもらってばかりだから、たまには私もやろうかなって思ったんだもん……」
「え？」
「だけど結局、ぜんぜんうまくできなくて。指切るし、鍋の中身こぼすし、もう嫌……っ」
　ほんとに情けなくてたまらない。
　そしたら翼くんは、そんな私の頭をポンポンとやさしくなでてくれた。